BRAM STOKER

La Coupe de cristal
suivi de
La Catastrophe,
Le Mystère de la mer

Traduction de l'anglais par
Jean-Pierre Krémer

Postface par
Alain Pozzuoli

Couverture de
Olivier Fontvieille

ÉDITIONS MILLE ET UNE NUITS

BRAM STOKER
n° 319

Textes originaux

La Coupe de cristal : *The Crystal Cup*, 1872. Texte intégral. Inédit en français.
La Catastrophe : « The Catastrophe », chapitre XVII du roman *The Snake's Pass*, 1890.
Le Mystère de la mer : « The Mystery of the Sea », chapitre V du roman *The Mystery of the Sea*, 1902.

Notre adresse Internet : www.1001nuits. com

ISBN : 2-84205-554-3

Sommaire

BRAM STOKER

La Coupe de cristal

suivi de

La Catastrophe,

Le Mystère de la mer

La Coupe de cristal

I

La naissance du rêve

Les eaux bleues touchent les murs du palais ; je peux entendre le doux remous de leur clapotis au contact du marbre chaque fois que j'écoute. Très loin sur la mer je peux voir les vagues étinceler sous la lumière du soleil, souriantes toujours, étincelantes toujours, rayonnantes toujours. Heureuses vagues ! – heureuses dans votre contentement – trois fois heureuses d'être libres !

Je me lève de mon travail et m'agrippe au mur jusqu'à ce que j'atteigne l'embrasure de la fenêtre. Je m'accroche à l'angle de la maçonnerie et me hisse en haut pour pouvoir aller m'accroupir dans la large baie. La mer, la mer, aussi loin que porte ma vue. Là, je tiens les yeux fixés jusqu'à ce qu'ils soient fatigués ; et avec la faiblesse de ma vue mon esprit retrouve sa vision. Mon âme vole sur les ailes de la mémoire au-delà de la mer bleue et souriante – loin au-delà des vagues étincelantes et des lumineuses voiles, jusqu'au pays qui est le mien. Alors, les minutes passant, mon regard de chaque jour semble revenir, et je regarde autour de moi dans la vieille maison où je suis né. La rude simplicité de la demeure réapparaît à mes yeux comme quelque chose de nouveau. J'y vois mes vieux livres et mes manuscrits et mes tableaux, et là, sur les vieux rayonnages en haut au-dessus de la porte, je vois mes premiers et grossiers essais dans l'art.

Combien pauvres ils me paraissent aujourd'hui ! Et même si j'étais libre, je ne donnerais pas le plus petit d'entre eux pour tout ce que je possède maintenant. Possède ? Comme je rêve !

Le rêve me rappelle à la vie éveillée. Je descends d'un coup de la banquette de la fenêtre et me mets avec frénésie à travailler, parce que chaque ligne que je trace sur le papier, chaque forme nouvelle qui saute sur le plâtre, me rapproche de la liberté. Je ferai une coupe dont la beauté jettera de l'ombre sur les glorieuses œuvres de la Grèce en son âge d'or ! Sûrement un amour comme le mien et un espoir comme le mien doivent avec le temps faire venir une certaine forme de beauté à la vie ! Quand le Roi la verra, il poussera une exclamation de ravissement et ordonnera ma liberté immédiate. Je serai en mesure d'oublier ma haine et le poids de ma vengeance que je dois exercer contre lui quand je songe à la liberté – même venue de ses mains. Ah ! alors sur les ailes du matin je volerai au-delà de la mer jusqu'à ma demeure – sa demeure à elle – et l'étreindrai dans mes bras, pour qu'on ne soit jamais plus séparés !

Mais, ô Esprit du Jour ! si par hasard elle était... Non, non, je ne puis pas songer à cela, ou bien je deviendrai fou. Ô Temps, Temps ! faiseur et destructeur des destinées humaines, pourquoi te hâter si rapidement pour les autres alors que tu marches si lentement pour moi ? Même en cet instant ma demeure est peut-être devenue déserte, et elle – mon épousée d'une heure – dort peut-être calmement sous la terre froide. Ah, ce doute me rendra fou ! Travailler, travailler ! La liberté est devant moi ; Aurora est la récompense de mon labeur !

Alors je me précipite sur mon travail ; mais à mon cerveau et à ma main, pareillement chauffés, aucun feu ni aucune puissance ne descendent. À moitié fou de désespoir, je jette mon corps contre les murs de ma prison et puis grimpe dans l'embrasure, et une fois de plus je tiens les yeux fixés sur l'Océan mais vois qu'il n'y a pas d'espoir. Et ainsi je demeure jusqu'à la nuit, qui jette son manteau d'obscurité sur la nature, qui m'ôte pour une journée encore toute possibilité d'effort.

Ainsi mes journées passent, qui deviennent des semaines et des mois ; ainsi deviendront-elles des années, si la vie aussi longtemps reste en moi un hôte si peu désiré ; en effet, qu'est-ce qu'un homme privé d'espoir ? Et est-ce que l'espoir n'est pas voisin de la mort dans ce corps si las ?

*

* *

Cette nuit, dans mes rêves, me vint, comme une inspiration de l'Esprit du Jour, une forme pour ma coupe.

Tout le jour mon désir si grand de liberté, d'Aurora, ou de nouvelles d'elle, avait vingt fois augmenté, et mon cœur et mon esprit étaient embrasés. Furieusement je me lançai comme un oiseau dans sa cage contre les barreaux de ma prison. Furieusement je sautai sur la banquette de la fenêtre et tins les yeux fixés, les globes prêts à éclater, sur la mer libre, sans entrave. Et en ce lieu je demeurai jusqu'à ce que ma passion se fût d'elle-même épuisée ; et alors je m'endormis et rêvai de toi, Aurora, de toi et de liberté. Dans mes oreilles parvint de nouveau la vieille chanson que nous chantions ensemble, lorsque, enfants, nous nous promenions sur la plage ; lorsque, amants, nous regardions le soleil disparaître dans l'Océan, et que je voyais sa gloire redoublée quand il était reflété dans tes yeux et s'adoucissait contre ta joue ; et quand, ma jeune épousée, tu m'étreignais tandis que mes bras t'entouraient sur cette langue déserte de terre d'où se précipita cette bande de pirates qui m'arrachèrent à toi. Oh ! combien mon coeur maudit ces hommes – non pas des hommes, des monstres ! Mais le seul rayon de joie qui me reste de cette horrible rencontre, c'est que ma résistance ait retardé ces suppôts de Satan et, avant que je fusse jeté à terre, ait pu de cette main droite faire s'envoler l'un d'entre eux vers sa demeure finale. Mon esprit s'apaise quand je pense à ce coup qui t'a sauvée d'une vie pire que la mort. À cette pensée je sens mes joues s'enflammer et mon front se gonfler de veines puissantes. Mes yeux me brûlent et je me précipite en tournant en rond désespérement autour de ma demeure-cellule. « Oh ! si j'avais devant moi l'un de mes ennemis, que je puisse faire sauter sa cervelle contre ces murs de marbre, et de mes pieds faire jaillir son cœur tandis qu'il gît devant moi ? » Ces murs ne le sauveraient pas. Ils sont sans pitié, hélas, je ne le sais que trop bien. « Ô, combien la bonté est cruelle de se moquer en faisant d'un palais une prison, et en raillant le cœur douloureux d'un prisonnier par le moyen de formes pleines de beauté et de marbre sculpté ! » Une merveille, en effet, sont ces murs sculptés ! Les hommes trouvent qu'ils ont une vraie beauté, mais ô, Aurora ! avec ta beauté toujours devant mes yeux, quelle forme que les hommes trouvent charmante pourrait être agréable pour moi ? Comme celui qui fixement regarde le soleil et alors ne voit pas de lumière sur terre, à cause de la gloire qui teint son iris, ainsi ta beauté ou son souvenir a changé les plus belles choses de la terre en ténèbres et en difformité.

Dans mon rêve cette nuit, alors que parvenait doucement à mes oreilles, comme une musique avançant de loin à travers les eaux, cette vieille chanson que nous chantions ensemble, à mon esprit, comme un rayon de lumière, m'est venue une idée dont la magnificence me rendit muet pour un instant. Devant mes yeux se dessina une coupe d'une si grande beauté que je sus que mon espoir avait pris corps et que le Grand Esprit avait placé mon pied sur l'échelle qui conduit de ce palais-donjon vers la liberté et vers toi. Aujourd'hui je me procurai un bloc de cristal – parce que ce n'est qu'avec une telle substance transparente que je puis donner forme à mon rêve – et je commençai mon travail.

Au début il me parut que ma main avait perdu son savoir, et je commençai à me désespérer quand, de même que le souvenir d'un rêve, revinrent à mes oreilles les accents de la vieille chanson. Je me la chantai doucement et alors je devins plus calme ; mais ô que la chanson m'a semblé différente quand ta voix, Aurora, ne s'est pas élevée à l'unisson de la mienne ! Mais à quoi bon languir ? Au travail ! au travail ! chaque coup de mon ciseau me portera plus près de toi.

*
* *

Ma coupe jour après jour approche davantage de sa forme définitive. Je chante tout en travaillant, et ma chanson de tous les instants est celle que j'aime tant. Je puis entendre l'écho de ma voix dans la coupe ; et quand je m'arrête, la note plaintive de la chanson se prolonge en une musique douce et triste dans la coupe de cristal. J'écoute, oreille baissée, et quelquefois je pleure en écoutant, si tristement revient l'écho de ma chanson. Bien qu'elle soit imparfaite, ma voix produit une douce musique, et son écho dans ma coupe guide ma main vers la perfection quand je travaille. Si seulement ta voix pouvait s'élever et se taire avec la mienne, Aurora, et alors le monde pourrait voir une coupe d'une beauté comme jamais encore n'ont réveillé les feux endormis de l'amour chez l'homme pour ce qui est beau ; parce que si je fais un tel travail dans la tristesse, imparfait comme je suis dans ma solitude et dans ma détresse, que ne pourrais-je pas faire dans la joie, parfaite quand je suis avec toi ? Je sais en tant qu'artiste que mon travail est bon et je sens qu'il l'est en tant qu'homme ; et la coupe elle-même, tandis qu'elle grandit chaque jour en beauté, rend un écho plus clair. Oh ! si je travaillais dans la joie, avec quelles délices elle rendrait nos voix ! Alors nous entendrions un écho et une musique comme des mortels en entendent rarement. Mais maintenant l'écho, comme ma chanson, semble imparfait. Chaque jour je deviens plus faible ; mais je travaille encore – travaille avec mon âme tout entière – ne travaillé-je pas pour la liberté et pour toi.

*
* *

Mon travail est presque terminé. Jour après jour, heure après heure, la coupe devient plus achevée. De plus en plus clairement revient l'écho quand je chante ; de plus en plus doux, de plus en plus triste et déchirant, revient l'écho de la plainte à la fin de la chanson. Jour après jour je deviens de plus en plus faible ; et toujours je travaille avec toute mon âme. La nuit la pensée me vient, quand je songe à toi, que jamais je ne te verrai plus, que je souffle ma vie dans la coupe de cristal, et qu'elle restera là quand je ne serai plus.

Si belle elle est devenue ; à tel point je l'aime que je pourrais volontiers mourir d'être le créateur d'une telle œuvre s'il n'y avait toi – mon amour pour toi, et mon désir de toi, et ma crainte pour toi, et la torture de te voir souffrir quand tu sauras que je ne suis plus.

*
* *

Mon travail ne réclame que quelques retouches de plus. Ma vie s'en va lentement, et je sens qu'avec ma dernière retouche ma vie entrera pour toujours dans la coupe. Jusqu'à ce que cette retouche soit faite – je ne dois pas mourir –, je ne mourrai pas. Ma haine s'en est allée. Si grands sont les torts qu'on m'a faits que me venger ne serait qu'une pauvre compensation à mon malheur. La vengeance, je la laisse à un être plus juste et plus puissant que moi. Ô toi Aurora, que j'attendrai dans le pays des fleurs, et toi et moi nous nous promènerons, jamais plus nous quitter, jamais plus ! Ah ! jamais plus ! Adieu, Aurora – Aurora – Aurora !

II

La fête de la Beauté

La fête de la Beauté approche rapidement, mais moins rapidement que mon royal maître le souhaite. Il semble n'avoir d'autre pensée que de vouloir rendre cette fête plus grande et plus réussie que celles qui ont été données auparavant. Il y a cinq étés, sa fête de la Beauté fut plus magnifique que toutes les autres ensemble qui eurent lieu pendant le règne de son père ; mais à peine fut-elle terminée et les récompenses distribuées aux gagnants, qu'il conçut ce gigantesque projet dont le succès se vérifiera quand la lune atteindra sa plénitude. Il a été pensé avec audace, et audacieusement fait ; pensé et fait aussi audacieusement que doit l'être le projet d'un monarque. Mais je n'arrive pas encore à croire qu'il s'achèvera en beauté. Ce désir prononcé de perfection doit rester non satisfait à la fin – ce désir qui pousse un monarque à faire fi de sa justice royale et à essayer d'atteindre sa Mecque à travers un désert d'espoirs déçus et de vies perdues. Mais chut ! je ne dois pas oser penser du mal de mon maître ni de ses faits ; et de plus, les murs ont des oreilles. Je dois laisser de côté ces sujets dangereux et contenir mes pensées dans des limites convenables.

La lune croît rapidement, et avec sa plénitude arrive la fête de la Beauté, dont le succès pour l'essentiel dépend presque entièrement de ma vigilance et de mes soins ; parce que si le maître de la fête faillit dans son devoir, qui pourrait remplir le vide ? Voyons quels arts sont représentés et quelles œuvres sont en compétition. Tous les arts gagneront des trophées : la poésie dans ses formes diverses et l'écriture de la prose ; la sculpture avec des objets sculptés dans divers métaux, le verre, le bois, l'ivoire ; la taille des gemmes et le sertissage de bijoux ; la peinture sur toile, sur verre, sur bois, sur pierre et sur métal ; la musique, vocale et instrumentale, et la danse. Si cette femme veut bien chanter, nous connaîtrons un réel triomphe musical ; mais elle aussi paraît mal-portante. Tous nos meilleurs artistes deviennent malades ou bien meurent, bien que nous leur promettions la liberté ou des récompenses, ou les deux s'ils réussissent.

Assurément, jamais jusqu'à présent aucune fête de la Beauté n'a été si belle ni si richement dotée que celle-ci que la pleine lune verra et entendra ; mais ah ! la plus grande gloire de cette fête sera la coupe de cristal. Jamais auparavant ses yeux n'ont vu une telle forme de beauté, un tel merveilleux mélange de substance et de lumière. Sûrement quelque magique pouvoir a dû aider à tirer une telle beauté d'un bloc froid de cristal. Je dois veiller à ce que rien n'endommage cette coupe. Aujourd'hui quand je l'ai touchée, elle a rendu un son tel que mon cœur s'est mis à battre de peur qu'elle subisse quelque dégât. Dorénavant, jusqu'à ce que je la livre à mon maître, aucune main exceptée la mienne ne la touchera de crainte qu'un malheur ne lui arrive.

C'est une étrange histoire que celle de cette coupe. Elle est née à la vie dans la cellule d'un prisonnier arraché à sa demeure d'artiste au-delà de la mer pour rehausser la splendeur d'une fête par son labeur –, celui-ci observé dans son travail par des espions, et traqué jusqu'à ce qu'une occasion – occasion cruelle pour lui – le mît entre les mains des émissaires de mon maître. Lui aussi, pauvre papillon, voltigeait autour de la flamme : le nom de liberté l'a poussé à l'effort jusqu'à ce qu'il consommât sa vie. La beauté de cette coupe fut chèrement payée par lui. Nombre d'hommes auraient oublié leur captivité en travaillant à une pièce d'une beauté semblable ; mais lui paraissait ressentir de la douleur dans son cœur, de la douleur si grande qu'elle rabattit sa fierté.

Comme il délirait au début ! Comme il se précipitait autour de sa chambre, et puis grimpait dans l'embrasure de sa fenêtre, et regardait fixement loin sur la mer ! Pauvre prisonnier ! peut-être de l'autre côté de la mer quelqu'un attendait son retour qui lui était plus cher que mainte coupe, même mainte coupe aussi belle que celle-ci, si une telle chose pouvait exister sur terre… Bien, bien, on doit tous mourir tôt ou tard, et celui qui meurt le premier échappe à plus de souffrances, peut-être, qui sait ? Comme, quand il avait commencé la coupe, il chantait toute la journée, du moment où le soleil tirait sa première flèche enflammée parmi les multitudes de nuages de la nuit qui faisaient leur retraite jusqu'à ce que les ombres du soir qui s'approchaient chassent vers l'ouest les rayons de soleil qui restaient – et toujours la même chanson !

Comme il chantait, tout seul ! Et pourtant quelquefois je pouvais presque imaginer que j'entendais non pas une voix venir de sa chambre, mais deux... Jamais plus elle ne reviendra en écho du mur d'un donjon ou d'une colline à l'air libre. Jamais plus ses yeux ne contempleront la beauté de sa coupe de cristal.

C'était bien qu'il ait vécu pour la terminer. Souvent, souvent je tremblais à la pensée de sa mort alors que je le voyais jour après jour devenir plus faible en travaillant à la coupe non encore achevée. Ses yeux ne doivent-ils jamais plus regarder la beauté de ce qui est né de son âme ? Oh jamais plus ! Ô Mort, Roi inflexible des Terreurs, qu'il est grand ton sceptre ! Tout-puissant est le geste de ta main qui nous convoque un par un à ton royaume loin au-delà des pôles !

Si seulement toi, pauvre prisonnier, avais pu vivre pour voir ton triomphe, parce que la victoire sera pour toi à la fête de la Beauté comme jamais homme n'a connue auparavant. Alors tu aurais pu entendre le grand cri qui salue le vainqueur du concours et les acclamations de félicitations tandis qu'il sort, homme libre, par la porte du palais. Mais maintenant ta coupe verra la lumière au milieu des sourires de la beauté, de la distinction et de la puissance, tandis que toi, tu restes là dans ta chambre solitaire, froid comme le marbre de ses murs.

Et, après tout, la fête sera imparfaite puisque les vainqueurs ne peuvent pas tous être couronnés. Je dois demander à mon maître les instructions pour savoir comment remplir la place vide d'un concurrent, au cas où il parvient à être vainqueur. Si tard? Je dois le voir avant que l'heure de repos de midi soit terminée.

*
* *

Grand esprit! Que je tremblais pendant que mon maître répondait à ma question!

Je le trouvai comme d'habitude à midi dans sa chambre. Il était étendu sur une couche, déshabillé, à moitié endormi; et la brise paresseuse, qui apportait de riches odeurs du jardin, flottait, en passant par les fenêtres de chaque côté, grâce aux éventails qui le berçaient jusqu'au repos complet. La chambre ombreuse était fraîche et calme. Du vestibule venait le murmure de nombreuses fontaines et le plaisant éclaboussement de l'eau qui tombait. « Ô, heureux », dis-je dans mon cœur, « ô heureux grand Roi », qui a de tels plaisirs pour en jouir. La brise des éventails passait à travers les cordes des harpes éoliennes, et une mélodie douce, confuse et enchantée s'élevait comme le murmure des voix d'enfants qui chantent au loin dans les vallées et flottent sur le vent.

Comme doucement j'entrais dans la chambre à pas feutrés et ma respiration retenue, je me sentis saisi d'une sorte de crainte... Pour moi qui suis né et qui ai vécu toute ma vie à l'intérieur des enceintes de la cour – pour moi qui parle tous les jours à mon royal maître et note ses moindres instructions pour la fête qui se prépare –, pour moi qui toute ma vie avais vénéré mon roi comme un esprit et l'avais vénéré comme s'il était plus qu'un mortel, ce fut soudain presque l'horreur, parce que mon maître ressemblait plus en ce moment, dans sa calme chambre, à moitié endormi au milieu de la musique assoupie des harpes et des fontaines, à un homme ordinaire qu'à un Dieu. À l'instant où l'idée m'en vint je tressaillis d'effroi car il me parut que j'étais coupable de sacrilège. J'éprouvais une telle vénération pour mon royal maître devenu une partie de mon être que le fait de penser à lui comme à un autre homme me parut être le résultat du bouleversement de mon être à moi.

Je m'approchai de la couche et le regardai en silence. Il paraissait n'écouter que distraitement la musique aux timbres changeants; et tandis que la mélodie s'amplifiait et retombait, sa poitrine montait et retombait tandis qu'il respirait à l'unisson des notes.

Après une ou deux minutes il parut devenir conscient de la présence d'une personne dans la pièce, bien qu'à nul signe de son visage je ne pus voir qu'il avait entendu un bruit, et ses yeux étaient fermés. Il ouvrit les yeux et, me voyant, demanda : « Tout s'est bien passé pour la fête de la Beauté ? » parce que tel est le sujet qui occupe le plus ses pensées. Je répondis que tout allait bien mais que j'étais venu pour demander à son bon plaisir royal de quelle façon une place vide parmi les concurrents pouvait être occupée. Il demanda : « De quelle façon, vide ? » et quand je lui dis : « À cause de la mort » il me demanda de nouveau rapidement : « Est-ce que l'œuvre est terminée ? » Quand je lui dis qu'elle l'était, il s'étendit de nouveau sur sa couche avec un soupir de soulagement, parce qu'il s'était à demi-levé dans son inquiétude tout en posant la question. Puis il dit, après un instant : « Tous les concurrents doivent être présents à la fête ». « Tous ? » dis-je. « Tous », répondit-il de nouveau, « morts ou vifs, parce que l'antique coutume doit être préservée et les vainqueurs couronnés. » Il demeura immobile une minute de plus, et puis dit lentement : « Vainqueurs ou martyrs. » Et je pouvais voir que l'esprit royal lui revenait.

De nouveau il poursuivit : « Celle-ci sera ma dernière fête de la Beauté ; et tous les prisonniers seront libérés. Trop de douleur est déjà née de mon ambition, trop d'injustice a souillé le nom de roi. »

Il ne dit plus rien, mais demeura tranquille et ferma les yeux. Je pouvais voir à l'agitation de ses mains et au soulèvement de sa poitrine que quelque émotion violente le troublait, et la pensée me vint : « C'est un homme, mais c'est aussi un roi ; et, bien qu'il soit un roi, le bonheur n'est pas pour lui. Grand esprit de Justice ! tu accordes ses plaisirs et ses souffrances à l'homme, au roi et à l'esclave pareillement ! Tu aimes le plus celui à qui tu donnes la paix ! »

Peu à peu mon maître devint plus calme et à la fin tomba dans un doux sommeil ; mais même dans son sommeil il respirait à l'unisson du murmure grandissant des harpes.

« À chacun est donné, dis-je doucement, quelque chose en accord avec le monde des choses réelles. Ta vie, ô Roi, est liée par des chaînes de compassion à la voix de la Vérité, qui est la Musique ! Tremble, de peur que, en présence d'un passage capital, tu sentes à quel point tu es petit, et que tu meurs ! » et je quittai doucement la pièce.

III

L'histoire d'un rayon de lune

Lentement je me traîne le long de la surface des eaux. Quelquefois je me retourne tandis que je m'élève sur une lame et vois derrière moi nombre de personnes de ma famille assises chacune sur la crête d'une vague comme sur un trône. Ainsi je continue longtemps, une puissance inconnue de moi me forçant à aller de l'avant, sans volonté ou dessein de ma part.

Enfin, tandis que je m'élève sur une vague toute pareille aux autres, je vois au loin une lumière indistincte qui provient d'un vaste palais, d'où brillent à travers les innombrables fenêtres des lampes et des torches. Mais au premier regard, comme si mon arrivée avait été le signal, les lumières disparaissent en une seconde.

Avec impatience j'attends ce qui peut se passer ; et tandis que je m'élève au gré de chaque battement de cœur de la mer, je regarde vers l'avant, à l'endroit où les torches ont brillé. Est-ce l'œuvre des ténèbres qui esquive la lumière ?

*
* *

Le moment vient où je peux apercevoir le palais sans attendre de grimper sur les vagues. Il est fait de marbre blanc et s'élève tout droit de la mer. Sa façade ouvrant sur la mer est merveilleuse avec des colonnes et des statues ; et de la porte des marches de marbre descendent majestueusement, larges et vastes, jusqu'aux eaux et en-dessous d'elles, aussi profondément qu'il m'est permis de voir.

Aucun bruit ne se fait entendre, aucune lumière n'est perceptible. Un silence solennel entoure tout, un calme parfait.

Lentement, j'escalade les murs du palais, mes compagnons suivant comme des soldats sur une brèche. Je glisse le long des toitures, et quand je regarde derrière moi des murs et des toits brillent comme s'ils étaient d'argent. Enfin je rencontre quelque chose de lisse, de dur et transparent ; mais à travers cette chose je passe et pénètre dans une vaste salle, où pendant un instant je reste suspendu en l'air et émerveillé…

Mon arrivée est le signal d'une telle explosion d'accents mélodieux que cela me fait revenir à la mémoire la musique des sphères dans leur course à travers l'espace ; et avec l'anthème débordante de bienvenue, je sens que je suis en effet un esprit du soleil, un enfant de la lumière, et que ceci est l'hommage à mon maître.

J'observe le visage d'un grand monarque qui est assis en haut d'une table de banquet. Il a tourné son visage vers le haut et vers le bas, et regarde comme s'il attendait que je m'approche. Il se lève et me dévisage en entonnant la chanson de bienvenue, et tous les autres dans la grande salle se tournent eux aussi vers moi. Je peux voir les yeux qui brillent. Le long de l'immense table chargée de vaisselle d'argent, de verrerie et de fleurs, ils restent debout, chacun tenant une coupe de vin couleur rubis, avec laquelle ils lèvent des toasts au monarque une fois la chanson terminée en buvant à son succès et à celui de la « fête de la Beauté ».

Je contemple la salle. Une imense pièce, aux murs de marbre couverts de bas-reliefs et de fresques et de figures sculptées, et décorée de grandes colonnes qui s'élèvent le long de sa surface et soutiennent un plafond en forme de dôme merveilleusement peint ; au centre du dôme est la lanterne de verre par laquelle je suis entré.

Sur les murs sont accrochés des tableaux de formes et de formats variés, et sur toute sa longueur en son milieu se dresse une estrade sur laquelle sont placées des œuvres d'art de toutes sortes.

Sur un côté de la salle se trouve une estrade sur laquelle sont assises des personnes des deux sexes, aux nobles visages et aux fronts altiers, mais chacune reflétant la même expression – le souci tempéré par l'espoir. Toutes, elles tiennent à la main des rouleaux.

De l'autre côté de la salle se trouve une estrade semblable sur laquelle sont assises d'autres personnes plus belles au sens terrestre, moins empreintes de spiritualité et plus marquées par les passions superficielles. Elles tiennent des partitions de musique. Ces dernières semblent toutes plus joyeuses que celles sur l'autre estrade, toutes sauf une, une femme qui demeure assise le visage dirigé vers le sol et la mine abattue, comme une personne qui a perdu tout espoir. Au moment où ma lumière tombe à ses pieds elle lève les yeux et je me sens heureux. La compassion entre nous a soulevé un faible rayon d'espoir à même de consoler ce pauvre et pâle visage.

Nombreuses sont les manifestations des formes artistiques qui se dressent sur la table de banquet et toutes sont belles à contempler. Je les regarde toutes avec plaisir, l'une après l'autre, jusqu'à ce que je voie la dernière d'entre elles à l'extrémité de la table, la plus éloignée du monarque, et alors toutes les autres me semblent n'être plus rien. Qu'est-ce que c'est qui fait que les autres formes de beauté semblent inexistantes, comparées à celle-ci, alors qu'elles tombent sous le rayonnement de son éclat ? Une coupe de cristal façonnée avec une maîtrise si merveilleuse que la lumière semble perdre de sa propre gloire en l'illuminant et se fondre dans sa beauté. « Ô Mère universelle, laisse-moi pénétrer à l'intérieur. Que ma vie se fonde dans sa beauté et je ne regretterai plus ma force-soleil cachée loin dans les crevasses de ma mère-lune. Permets-moi de vivre là et de périr là, et je serai joyeux tout le temps que cela pourra durer, et content de passer dans le grand vortex du rien pour naître de nouveau quand la gloire de la coupe aura disparu. »

Se peut-il que mon vœu ait été exaucé, que je sois entré dans la coupe et que je sois devenu une partie de sa beauté ? Grande Mère, je te remercie.

La coupe a-t-elle une vie ? ou est-ce simplement sa merveilleuse perfection qui la fait trembler, comme un cœur qui bat à l'unisson du flux et du reflux de la marée, la grande pulsation-vague de la nature ? À mes yeux c'est comme si elle était en vie.

Je regarde à travers les murs de cristal et vois à l'autre extrémité de la table, à l'écart de toutes les autres, la silhouette d'un homme assis. Est-ce que ce sont des cordes qui lient ses membres ? Comment se fait-il que ces trois choses s'accordent, la couronne de laurier, ses yeux larges et sombres, et ce teint pâle ? Cette fête de la Beauté cache quelques secrets redoutables et est l'occasion de merveilleux spectacles.

J'entends une voix d'une étrange et profonde douceur, mais vacillante – la voix d'un être presque roi par nature. Il est debout ; je le vois à travers mon mur-palais. Il prononce un nom et s'assied de nouveau.

De nouveau j'entends une voix venue de l'estrade des rouleaux, le trône des Visages ; et de nouveau je regarde et vois un homme qui se tient debout en tremblant, mais empourpré, comme si le soleil du matin brillait avec force sur son âme. Il lit à un rythme cadencé une chanson à la gloire de ma mère-lune, à la fête de la Beauté, et au roi. Quand il parle, il ne tremble plus mais semble inspiré, et le ton de sa voix s'élève empreint de puissance et de grandeur, et rejaillit des murs et du dôme. J'entends ses paroles distinctement, bien que le ton soit attristé, renvoyées par l'écho de ma demeure de cristal. Il termine et s'assied, manquant s'évanouir, dans un concert d'applaudissements, dont chaque note, chaque battement, revient en écho tout comme les paroles.

De nouveau le Monarque se lève et appelle « Aurora ! », afin qu'elle chante pour la liberté. Son nom revient en écho dans la coupe avec un son doux et triste. Si triste, si désespéré paraît l'écho que la salle semble s'assombrir et la scène s'obscurcir.

Est-ce qu'un esprit-soleil peut se lamenter ou une coupe de cristal pleurer ?

Elle, celle qui est abattue, se lève de son siège sur le trône du Son et tous les yeux se tournent vers elle, sauf ceux de l'homme pâle, couronné d'un laurier. Trois fois elle tâche de commencer, et trois fois, rien ne sort de ses lèvres si ce n'est un bref soupir rauque, jusqu'à ce qu'un vieil homme, qui était en train de se déplacer autour de la salle pour disposer des choses, crie fort, dans la crainte qu'elle ne réussise pas : « Liberté ! »

Le mot est renvoyé de la coupe. Elle l'entend, se tourne vers celle-ci et commence.

Ô, la mélodie de cette voix ! Et encore elle n'est pas parfaite à elle seule ; parce qu'après la première note vient un écho de la coupe qui s'amplifie à l'unisson de la voix, et les deux sons ensemble donnent l'impression qu'un seul chant provient doucement des lèvres du Tout-Père lui-même. Si doux est le chant que tous dans la salle sont ensorcelés, osant à peine respirer.

Pendant la pause après les premiers couplets de la chanson, j'entends la voix de l'homme qui parle à un compagnon, mais ses paroles ne sont entendues de personne d'autre : « Regarde le roi. Son esprit paraît se plonger dans l'extase de la musique. Ah ! je redoute quelque mal : plus la musique s'approche de la perfection, plus il devient pris. Je crains qu'une note parfaite ne soit l'annonce de sa mort.» Sa voix s'éteint au moment où la chanteuse entame le dernier couplet.

Triste et plaintive est la chanson ; pleine de sentiment et d'amour tendre, mais un amour assombri par la souffrance et le désespoir. En continuant la voix de la chanteuse devient plus douce et plus émouvante, plus réelle ; et la coupe, ma demeure-temps de cristal, vibre de plus en plus en renvoyant l'écho. Le monarque a l'air de quelqu'un en état d'hypnose, et aucun mouvement ne se produit dans le hall... La chanson meurt doucement dans une lamentation sauvage qui semble briser en morceaux le cœur de la chanteuse ; et la coupe vibre encore davantage en renvoyant l'écho. Au moment où la note, qui s'enfle longuement, approche de son apogée, la Coupe de cristal, ma demeure merveilleuse, le don du Tout-Père, explose en millions d'atomes, et disparaît.

Avant que je me perde dans le grand vortex, je vois

la chanteuse jeter ses bras en l'air et tomber, enfin libre, et le Roi assis, le visage en gloire, mais blême, sur lui le teint de la Mort.

La Catastrophe*

Alors que nous nous rapprochions de la montagne et que nous pouvions reconnaître les lieux grâce à l'aspect différent du paysage, ma peur ne cessait d'augmenter. Maintenant la nuit était bien avancée, et à certains signes on voyait que l'orage se calmait ; par moments, le vent tombait un peu et la pluie s'abattait avec moins de violence. En de tels moments, il y avait comme une sorte de lumière dans le ciel – ou bien, pour être plus précis, la nuit était moins absolue – et alors la nouvelle bourrasque qui suivait paraissait, contrastant avec le calme, nous frapper avec une violence renouvelée. Pendant l'un de ces intervalles de

* Précédemment à ce chapitre, qui est l'avant-dernier de *The Snake's Pass*, Stoker nous raconte comment Arthur Severn, jeune Anglais de bonne éducation, entreprend un voyage dans l'ouest de l'Irlande après avoir hérité une jolie fortune de sa tante. Au bord de le mer, il se familiarise avec les légendes du pays, en particulier celle qui raconte l'histoire de « la Couronne d'or » ; il s'agit d'un fabuleux trésor appartenant depuis des temps immémoriaux au « Roi des serpents », qui l'aurait caché dans la montagne de Knockcalltecrore, ou

répit, nous vîmes un bref instant la montagne se dresser devant nous, son profil aigu se découpant par son aspect sombre sur le ciel moins noir. Mais cette vision fut balayée la seconde qui suivit par une rafale et un nuage de pluie aveuglant, ne laissant que le terrifiant souvenir d'une sorte de champ de bataille après un effroyable désastre. Alors nous reprîmes notre route avec moins d'espoir encore, parce que la terre et le ciel, que nous étions arrivés à distinguer en ce court instant, étaient maintenant dissimulés sous un indescriptible manteau de ténèbres.

Nous reprîmes lentement notre route. Dans l'air flottaient maintenant les prémices de l'orage, et nous nous attendions à chaque instant à être frappés par la foudre ou par le rugissement de l'artillerie du Ciel. Des

---

« Colline de la Couronne de l'or perdu ». Il aurait ensuite été retrouvé, puis abandonné par des soldats français au XVIIIe siècle dans la Shleenanaher, ou « Passe du serpent », qui mène jusqu'à la mer. Arthur fait aussi la connaissance de Norah, une jeune et belle Irlandaise, dont il tombe aussitôt amoureux. Mais Arthur Severn doit aussi s'opposer à Black Murdock, un être vil et méchant, et à Moynahan, son homme de main, et dont le seul but est de découvrir le trésor légendaire que l'on croit dissimulé dans les terres du père de Norah, le vieux Phelim Joyce, terres qui sont situées à la lisière d'une région de marais. Pour l'aider à retrouver le trésor, Black Murdock engage Dick Sutherland, géomètre et vieux camarade de lycée d'Arthur, qui tombe lui aussi amoureux de Norah. Mais c'est Arthur qui gagne ses faveurs, et ils se fiancent. Dick avertit Murdock que s'il continue à empêcher l'écoulement naturel du marais une catastrophe peut survenir. Il se lève au milieu de la nuit et part avec Arthur pour voir sur place ce qui se passe…

masses de brouillard ou de brume de mer commençaient à être emportées vers la terre par les rafales qui passaient. Pendant le temps qui s'écoula entre cette brève vision de Knockcalltecrore et notre arrivée au pied du chemin étroit, une vie entière me parut s'être écoulée, et sous l'effet des pensées et de la terreur qui m'avaient épuisé je me rappelai – comme il arrive, dit-on, à un homme qui se noie et va mourir – chaque moment, chaque événement depuis que j'avais vu pour la première fois la mer de l'Ouest.

Mes sombres craintes ne me paraissaient être que l'intériorisation de l'obscurité qui m'entourait, rendue plus grande encore par l'agitation de nos lanternes, et plus terrifante aussi à cause des bruits de la tempête desquels l'obscurité s'était chargée.

Après nous être arrêtés sur le chemin, Dick et moi fîmes rapidement l'ascension de la montagne, tandis qu'Andy, à qui nous avions laissé l'une de nos lanternes, tirait le cheval sous le précaire abri des aulnes balayés par le vent, qui délimitaient l'entrée du sentier. Il voulait souffler un peu avant de continuer chez madame Kelligan, où il devait passer le restant de la nuit, pour être en mesure de venir nous chercher le lendemain.

Comme nous approchions de la ferme de Murdock, Dick me serra le bras.

« Regarde ! » me cria-t-il, plaçant sa bouche contre mon oreille pour que je puisse l'entendre, parce que la tempête balayait furieusement la montagne en cet endroit et qu'un tourbillon du vent soufflant dans la région venait en s'enroulant à travers la Shleenanaher. «Regarde, il est debout, même à cette heure! Il doit préparer un mauvais coup! »

Après avoir grimpé un peu plus haut, il me cria de nouveau en faisant le même geste :

« C'est ici que se trouve le bord le plus proche du marais. Allons voir un peu. »

Nous obliquâmes sur la gauche, et après quelques minutes nous fûmes au bord du marais.

Il nous parut différent du souvenir que nous en avions. Il était monté considérablement au-dessus de son niveau normal et paraissait d'une façon très étrange frémir d'un bord à l'autre. Dick me dit d'une voix très grave :

« Nous arrivons juste à temps. Il y a quelque chose qui va se passer ici.

– Dépêchons-nous d'arriver chez Joyce, dis-je, et vérifions si tout va bien là-bas.

– Nous devrions d'abord prévenir Murdock, dit-il. Il n'y a peut-être pas une minute à perdre. »

Nous revînmes rapidement au chemin et courûmes jusqu'à chez Murdock, ouvrîmes le portail, et remontâmes le sentier. Nous frappâmes à la porte, mais nous n'obtînmes pas de réponse. Nous frappâmes encore plus fort, mais il n'y eut pas le moindre signe de vie.

« Il vaut mieux quand même être certains », dit Dick, et je pouvais l'entendre plus aisément maintenant, parce que nous étions sous l'abri du porche.

Nous ouvrîmes la porte, qui n'était fermée que par le loquet, et entrâmes. Dans la cuisine, une bougie brûlait et le feu dans l'âtre étincelait; à l'évidence les occupants n'étaient pas partis depuis longtemps. Dick griffonna une phrase dans son carnet de poche signalant notre passage, déchira la feuille, et la plaça sur la table de façon qu'elle ne puisse manquer d'être vue par quiconque entrerait dans la pièce. Puis nous sortîmes rapidement et continuâmes sur le sentier vers la maison de Joyce.

Comme nous nous en approchions, nous fûmes étonnés de voir qu'une lumière éclairait également la fenêtre de Joyce. Je me mis dans le sens du vent près de Dick, et lui criai :

« Il y a aussi ici de la lumière ! Sûrement il doit se passer quelque chose d'étrange. »

Nous courûmes aussi vite que nos jambes nous le permettaient jusqu'à la maison. En arrivant nous vîmes la porte ouverte, et le temps d'une accalmie nous entendîmes la voix de mademoiselle Joyce, la tante de Norah :

« C'est toi, Norah ?

– Non ! répondis-je.

– Oh ! c'est vous monsieur Arthur ? Dieu soit loué, vous êtes venu ! J'ai tellement peur pour Phelim et Norah. Ils sont tous deux là dans la tempête, et je sens que je deviens presque folle à cause d'eux. »

Sur ces entrefaites nous étions entrés à l'intérieur du cottage, et chacun de nous fut à même de pouvoir entendre l'autre parler, mais pas très nettement, même en ce lieu, parce que de nouveau le vent déchaîné fouettait de toute sa puissance la façade de la maison, et le vacarme était grand.

« Où est Norah ? Elle n'est pas ici ?

– Oh non ! Que dieu nous protège ! Que Dieu nous aide ! Que Dieu nous aide ! »

La pauvre femme était dans un état d'agitation si grand et de terreur si abjecte que ce ne fut qu'avec la plus grande difficulté que nous pûmes lui extirper un nombre suffisant de mots pour comprendre ce qui s'était passé. L'effort pour parvenir à la faire parler d'une façon intelligible était épuisant parce que chaque seconde était précieuse ; mais nous ne pouvions faire quoi que ce soit ou entreprendre la moindre action avant de savoir tout ce qui s'était passé. Enfin, cependant, nous comprîmes que tôt dans la soirée, Joyce, le père de Norah, était sorti pour s'occuper du bétail et n'était pas revenu depuis. Tard dans la nuit, le vieux Moynahan avait frappé à la porte à moitié ivre et, entre deux hoquets, avait laissé un message disant que Joyce avait eu un accident et était maintenant dans la maison de Murdock. Il voulait que Norah vienne le trouver là, mais Norah devait venir seule et personne d'autre. Elle avait aussitôt soupçonné que c'était un piège déguisé tendu par Murdock dans un quelconque dessein diabolique, mais elle avait toutefois pensé qu'il valait mieux y aller, et aussi elle avait sifflé Turco, le mastiff, pour qu'il l'accompagne, disant à sa tante : « Au moins, je suis à l'abri du danger avec lui ! » Mais Turco n'avait pas répondu à son appel. Les heures précédentes, il s'était montré agité et avait grogné au moins une bonne heure, et alors en le cherchant on l'avait trouvé mort. Cela conduisit à confirmer les soupçons de Norah, et les deux pauvres femmes s'étaient demandé avec angoisse ce qu'elles devaient faire. Alors qu'elles en discutaient, Moynahan était revenu – plus ivre cette fois encore que la fois précédente – et avait répété son message, mais à l'évidence à contre-cœur. Norah avait alors entrepris de l'interroger, et après un certain temps il avait admis que Joyce n'était pas le moins du monde dans la maison de Murdock – que lui, Moynahan, avait été envoyé avec le message et qu'on lui avait ordonné, quand il l'aurait livré, de partir chez la mère Kelligan et de ne jamais souffler le moindre mot sur ce qui c'était passé cette nuit – malgré tout ce qui pourrait advenir ou pourrait être dit. Quand il eut admis cela, il fut tellement saisi de peur par ce qu'il avait fait qu'il commença à pleurer et à gémir, et à dire que Murdock le tuerait pour avoir raconté ces choses sur lui. Norah lui avait dit qu'il pouvait rester dans la ferme, là où il était, s'il lui disait où se trouvait son père, afin qu'elle puisse aller le chercher ; mais cela, il avait juré de la façon la plus solennelle qu'il ne le savait pas, mais que Murdock le savait, parce ce que ce dernier lui avait dit qu'il n'y aurait aucune chance de le voir dans sa propre maison pendant plusieurs heures encore cette nuit. Cela avait décidé Norah à elle-même sortir malgré la tempête qui faisait violemment rage pour chercher son père. Moynahan, néanmoins, ne voulait pas rester dans la ferme parce que, disait-il, il avait peur de le faire, à moins que Joyce lui-même ne soit là pour le protéger ; parce que, s'il n'y avait personne d'autre que des femmes dans la maison, Murdock viendrait, le tuerait et jetterait son corps dans le marais comme il avait souvent menacé de le faire. Ainsi Moynaham était parti tout seul dans la nuit, et peu après Norah était sortie à son tour, et à partir de ce moment, elle – mademoiselle Joyce – ne l'avait pas revue et craignait que quelque malheur ne lui fût arrivé.

Tout cela, la pauvre âme nous le rapporta avec tant d'angoisse et de terreur que c'était pitié de l'entendre, et nous ne pouvions que pardonner le terrible retard. Moi-même j'étais empli d'une crainte mortelle parce que toutes sortes de possibilités déchirantes s'étaient présentées à mon esprit pendant que l'histoire avait été racontée ; il était tout à fait évident que Murdock avait fomenté quelque complot désespéré et diabolique ; il avait soit l'intention de tuer Nora soit de la compromettre d'une manière particulièrement horrible. J'avais presque peur de penser à cela. Il m'apparaissait clairement que par ces moyens il espérait non seulement prendre sa revanche, mais aussi trouver en quelque sorte un moyen de pression sur nous, chacun d'entre nous, afin d'augmenter ses chances dans la recherche du trésor. Dans ma rage devant ce méprisable couard, je perdis presque de vue mon désir de remercier Dieu devant un grand danger évité.

Toutefois, il n'y avait pas de temps pour le moment pour plus de réflexion – une action immédiate et décisive était absolument nécessaire. Joyce était absent –

nous n'avions aucune indication sur l'endroit où il pouvait être. Norah était seule sur la montagne et avec l'éventualité que Murdock l'agresse parce que lui aussi était dehors – comme nous le savions par le fait qu'il s'était absenté.

Sans perdre une seconde, nous sortîmes de nouveau dans la tempête. Cependant nous ne nous munîmes pas de la lanterne parce que l'expérience nous avait prouvé que sa lumière occasionnelle était à la longue un désavantage, étant donné que nous ne pouvions pas voir très loin à sa lueur et que le gris de l'aube qui pointait commençait à se montrer à travers la tempête qui faiblissait, avec la faible indication que d'ici peu nous aurions de la lumière.

Nous dévalâmes la montagne vers l'ouest jusqu'à ce que nous fûmes à la lisière du marais, parce que nous avions décidé d'en faire le tour en guise de mesure exploratoire, depuis que nous pensions que c'était là que se trouvait le danger le plus immédiat. Puis nous nous séparâmes, Dick suivant la lisière du marais en descendant, moi montant vers le nord, comptant ainsi nous retrouver au sommet et redescendre vers le bas de l'autre côté. Nous étions convenus d'un signal, si un signal pouvait être perçu dans la tempête, choisissant le « coo-ee » australien qui est, c'est connu, le cri le plus efficace pour se repérer.

Je me hâtais aussi rapidement que je pouvais, parce que parfois je me trouvais dans la plus totale obscurité. Bien que le matin se fût levé avec une promesse de lumière, le vent de la mer balayait vers l'intérieur des masses de brume poussées rapidement qui, quand elles m'entouraient, rendaient ma progression non seulement difficile et dangereuse, mais parfois presque impossible. L'impression que l'air s'était chargé d'électricité avait augmenté, et à chaque moment je m'attendais à ce que l'orage éclate.

De temps à autre, je criai « Norah ! Norah ! » dans le vain espoir que, s'en retournant après avoir cherché son père, elle pourrait entrer dans le champ sonore de ma voix. Mais nul son en réponse ne se fit entendre, si ce n'est le rugissement furieux de l'orage accompagné du heurt sauvage des vagues déferlant contre les falaises et les rochers en contrebas

Même à ce moment, si étrange est la façon dont l'esprit fonctionne, les paroles de la vieille chanson *Le Pèlerin de l'amour* me revinrent machinalement à la mémoire comme si j'eusse crié « Orinthia » plutôt que « Norah » :

« Jusqu'à ce qu'avec "Orinthia" tous les rochers résonnent. »

J'avançais mon chemin, suivant la lisière du marais, jusqu'à ce que j'eusse atteint l'extrémité nord, où le sol s'élevait et commençait à devenir solide. Là, je trouvai le marais si gonflé de pluie que je dus faire un long détour afin d'arriver sur le côté ouest. En haut, sur la montagne il y avait, je le savais, un abri rudimentaire pour le bétail ; et comme il me vint à l'esprit que Joyce aurait pu y aller pour retrouver son troupeau, et que Norah était passée par cet endroit pour le chercher, j'y grimpai en courant. Les bêtes étaient là, serrées les unes contre les autres, formant une masse compacte derrière le mur de terre et de pierres qui les abritait. Je criai aussi fort que je pus dans le sens du vent, afin que ma voix pût porter :

« Norah ! Norah ! Joyce ! Joyce ! Vous êtes là ? Il y a quelqu'un ? »

Il y eut un mouvement parmi les bêtes et un ou deux « meuhs » bas quand elles entendirent une voix humaine, mais nul signe de l'un ou l'autre de ceux que je cherchais ; aussi je courus à nouveau en bas vers l'autre bord du marais. Je savais maintenant que ni Norah ni son père ne pouvaient être dans cette partie de la montagne car ils auraient entendu ma voix ; et comme la tempête venait de l'ouest, je zigzaguai d'est en ouest en descendant le long du marais afin d'avoir une chance d'être entendu – s'il y avait quelqu'un pour m'entendre. Quand j'arrivai près de l'entrée de Cliff Fields, je criai de toutes mes forces « Norah ! Norah ! », mais le vent emporta ma voix comme s'il eût balayé à terre des chardons, et ce fut comme si j'avais fait l'effort mais qu'aucun son n'était sorti de ma bouche, et je me sentais terriblement seul au centre de cet épais rideau de brouillard.

Je m'aventurai de plus en plus, suivant la lisière du marais. Plus bas, on était un peu à l'abri de la tempête, parce que la grande crête de rochers s'élevait entre moi et la mer, et je devinai que je pouvais être entendu plus au loin. J'avais le cœur serré et j'étais gagné par le désespoir, à tel point qu'il me parut que le froid de mon âme se propageait jusque dans mon sang. Mais je continuai avec détermination, la véritable obstination du désespoir.

Comme je marchais, je crus entendre un cri dans le brouillard – la voix de Norah ! Il ne dura qu'un instant, et je ne pus savoir si c'étaient mes oreilles qui avaient bien entendu ou si mon cœur battant à tout rompre avait créé le leurre d'une voix pour me duper. Néanmoins, quel que fût ce bruit, il m'avait réveillé comme l'appel du clairon ; mon cœur se mit à cogner et mon sang se précipita dans mon cerveau jusqu'à ce que j'en devinsse presque étourdi. J'écoutai pour voir si je pouvais distinguer de quelle direction la voix était venue.

J'attendais, angoissé. Chaque seconde me parut durer un siècle, et mon cœur battait comme un marteau-pilon. De nouveau alors, j'entendis le bruit, faible mais toujours suffisamment distinct pour être entendu. Je criai de toute mes forces mais une fois de plus le rugissement du vent couvrit ma voix ; cependant je courus dans la direction de la voix.

Il y eut une brusque accalmie du vent – un éclair illumina toute la scène, et à quelque cinquante mètres devant moi je vis deux silhouettes qui luttaient au bord des rochers. À la faveur de cette vision, aussi brève qu'elle pût être, je reconnus le jupon rouge qui, en ce lieu et à cette heure, ne pouvait être que celui de Norah. Je criai en faisant un bond en avant ; mais juste à ce moment le tonnerre éclata au-dessus de nos têtes, et durant le roulement puissant et prolongé, tout autre bruit s'effaça totalement, comme si ce grondement se fût produit dans le silence du monde primitif. Tandis que j'approchais du lieu où j'avais vu les silhouettes, le tonnerre s'éloigna, et au milieu du roulement qui disparaissait, j'entendis distinctement la voix de Norah :

« Au secours ! Au secours ! Arthur ! Père ! Au secours ! Au secours ! »

Même en ce moment de tourmente, mon cœur tressaillit – parmi tous les noms elle avait cité le mien en premier ! Quoi que disent les hommes, l'amour et la jalousie sont proches parents !

Je criai à mon tour tout en courant mais le vent emporta ma voix – et puis j'entendis sa voix de nouveau, mais plus faible qu'auparavant.

« Au secours ! Arthur ! Père ! Il n'y a personne pour m'aider ? »

Et puis la foudre tomba une nouvelle fois, et dans la lumière du long éclair qui zébrait le ciel nous nous aperçûmes l'un l'autre, et j'entendis son cri joyeux avant que le coup de tonnerre n'effaçât la suite. J'avais vu que son agresseur était Murdock, et je me précipitai sur lui, mais il m'avait vu aussi, et avant que je pusse me jeter sur lui, il avait relâché Norah et, avec un gros juron que le fracas du tonnerre couvrit, il la frappa à terre et se mit à courir.

Je soulevai ma pauvre bien-aimée et, la transportant un peu plus loin, la déposai sur le bord de la crête du rocher à côté de nous, parce que dans la lumière du ciel qui chaque seconde devenait plus pâle, j'avais pu voir qu'un torrent d'eau jaillissant du marais était en train de se déverser vers nous. Elle avait perdu connaissance, si bien que je me précipitai vers le courant d'eau et remplis mon chapeau pour la faire revenir à elle. Puis je me souvins du signal convenu pour la retrouver, et plaçant mes mains sur mes lèvres je criai « Coo-ee » une fois, deux fois. Comme j'étais resté debout je pus voir Murdock courir vers sa maison, parce que de minute en minute la lumière semblait croître et le brouillard se disperser. Le tonnerre avait balayé les nuages de pluie et mis une lueur dans l'aube naissante.

Mais, alors même que je me tenais là – et je n'avais pas perdu la moindre seconde – j'eus l'impression que le sol sous moi cédait. Il se produisit comme un étrange tremblement ou encore un frissonnement sous moi, et mes pieds commencèrent à s'enfoncer. Poussant un cri furieux – parce que je comprenais que le fatal moment était arrivé, que le marais se déplaçait et m'avait happé de son étreinte – , je me précipitai en avant vers le rocher. Mon exclamation réveilla Norah comme la trompette du Jugement dernier. Elle se redressa vivement sur ses pieds, et en un instant put se rendre compte du danger que je courais. Elle se précipita vers moi. Quand je la vis venir, je lui criai :

« Restez là, restez là ! »

Mais elle ne s'arrêta pas même une seconde, et les seuls mots qu'elle prononça furent :

« J'arrive, Arthur ! J'arrive ! »

À mi-distance entre nous il y avait un gros bloc de roche arasé à sa partie supérieure qui soulevait sa tête hors du marais qui l'entourait. Alors qu'elle était en train de lutter pour l'atteindre, ses pieds commencèrent à s'enfoncer, et maintenant elle courait un nouveau danger sans compter le mien. Mais elle ne faillit pas une seconde, et comme la légèreté de son poids jouait en sa faveur, avec grand effort elle atteignit le rocher. De mon côté, je me débattis pour avancer. Il y avait entre moi et le rocher une touffe d'ajoncs ; je me jetai sur eux, et pendant une ou deux secondes ils supportèrent mon poids. Puis eux-mêmes commencèrent à s'enfoncer avec moi, parce que de plus en plus rapidement, alors que chaque seconde s'écoulait, la terre semblait se liquéfier et fondre.

Jusqu'alors je n'avais jamais connu la peur ou même envisagé l'éventualité de ma mort – jusqu'alors toutes mes craintes concernaient Norah. Mais maintenant j'étais envahi par les affres mortelles que doivent ressentir tous les enfants des humains sur qui la Mort a posé sa main glacée. Que ce moment effrayant fût arrivé ne faisait aucun doute ; rien hormis un miracle ne pouvait me sauver !

Aucun mot ne pourrait rendre la terrifante impression causée par cette terre solide en train de se dissoudre – le plus horrible des cauchemars aurait été presque un agréable souvenir comparé à cela.

À cet instant, je n'étais qu'à un ou deux mètres du rocher qui, si je l'agrippais, signifiait la vie sauve pour moi – mais il était juste au-delà de ma portée ! Je m'enfonçais dans la mort – et je pouvais voir l'horreur dans les yeux de Norah au moment où elle gagnait le rocher et se relevait avec effort.

Mais même l'amour de Norah ne pouvait m'aider ; j'étais hors de portée de ses bras, et elle pas plus que moi ne pouvait garder pied sur le sol qui se liquéfiait. Ô ! qu'elle eût une corde, et je pouvais être sauvé ! Hélas elle n'en avait pas – même le châle qui aurait pu m'aider était tombé quand elle s'était débattue avec Murdock.

Mais Norah avait entrevu, avec son rapide instinct de femme, un moyen de m'aider. En une seconde elle avait déchiré son jupon rouge de lourde toile tissée à la maison, et m'en jetait un lambeau. Je tendis le bras et l'attrapai dans un geste d'étreinte désespérée – parce qu'à ce moment-là il n'y avait que ma tête et mes mains qui demeuraient au-dessus de la surface.

« Maintenant, mon Dieu, faites que je sois fort ! telle fut la sincère prière qui me monta aux lèvres ; et ma pensée fut : maintenant, que ces mains soient fortes, celles que cet autre a avilies ! »

Norah se jeta en arrière en calant ses pieds contre une partie du rocher en saillie, et je sentis que si nous pouvions tenir assez longtemps, j'étais sauvé.

Peu à peu je gagnais ! Je me rapprochais de plus en plus du rocher ! Plus près ! Encore plus près ! Jusqu'à ce que d'une main je saisisse le rocher lui-même, et, à bout de souffle, m'y agrippe avec l'énergie du désespoir. J'étais tout juste capable de me soutenir parce qu'un étrange et intense happement dans la masse visqueuse m'entraînait et mettait rudement à l'épreuve mes forces, déjà si affaiblies dans ma lutte pour garder ma vie sauve. Le marais commençait à se mouvoir ! Mais Norah se pencha en avant, agenouillée sur le rocher, et de ses robustes mains saisit le revers de ma veste. L'amour et le désespoir lui donnèrent une énergie nouvelle, et dans un dernier et puissant effort elle me tira vers le haut – et un instant après je m'étendais sur le rocher, sauf et dans ses bras.

Pendant ce moment, aussi bref qu'il fût, la matinée avait avancé, et la mystérieuse lumière d'un gris froid découvrait le versant entier devant nous, indistinct dans l'ombre de la montagne. En face de nous, de l'autre côté du marais, nous vîmes Joyce et Dick qui nous regardaient, et au milieu des bourrasques de vent, nous entendîmes à peine leurs cris.

À notre droite, bien plus bas sur la montagne, la Shleenanaher se montra distinctement, ses rochers en sentinelles frappés par la lumière blafarde qui tombait sur le sommet de l'éminence. Plus près de nous, et sensiblement dans la même direction, la maison de Murdock dressait sa masse noire au centre du vallon.

Mais alors que nous jetions un regard circulaire, remerciant le ciel de nous avoir sauvé la vie, nous serrant de plus en plus fort l'un contre l'autre, un cri sourd de terreur fit encore plus frémir Norah – parce qu'une terrible chose était en train de se produire.

La surface tout entière du marais, aussi loin que nous pouvions la voir dans la lumière blafarde, se mit à se rider, puis à se déplacer en petits tourbillons, comme on en voit dans une rivière en crue. Elle parut monter et encore monter jusqu'à ce qu'elle atteigne presque le niveau où nous nous trouvions, et instinctivement nous nous dressâmes sur la pointe des pieds et demeurâmes ainsi frappés d'horreur, Norah s'accrochant à moi, et nous enserrant l'un l'autre.

La surface tremblante du marais commença à se répandre de tous côtés, allant même jusqu'à la terre solide qui le bordait, et avec soulagement nous vîmes que Dick et Joyce se trouvaient en haut sur un rocher. Toute chose à sa surface semblait fondre et disparaître comme si elle avait été avalée. Ce silencieux changement ou anéantissement gagna le bas dans la direction de la maison de Murdock. Mais quand il atteignit le bord du vallon où se trouvait la maison, il parut jaillir aussi rapidement en avant que l'eau qui saute en bas d'une cataracte.

Instinctivement nous criâmes tous deux afin d'avertir Murdock – lui aussi, tout scélérat qu'il fût, avait sa vie en danger. Il avait selon toute évidence senti une sorte de choc ou d'altération, parce qu'il se précipita hors de la maison, saisi de frayeur. Pendant un instant il parut paralysé de peur en voyant ce qui se passait. Et ce n'était pas surprenant ! En effet, à cette minute la maison tout entière commençait à s'enfoncer dans la terre – à s'enfoncer comme un navire qui coule dans une mer déchaînée, mais sans la violence ni le tumulte qui accompagnent une telle catastrophe. Il y avait quelque chose de plus terrifiant – de plus mortel dans cet anéantissement silencieux et sans cause que dans le ravage provoqué par un tremblement de terre ou un ouragan.

Le vent était maintenant tombé ; la lumière matinale frappa le versant complet de la montagne, et il était possible de le voir distinctement. Le bruit des vagues se ruant sur les rochers en bas et le tonnerre des brisants au loin emplirent l'air. Mais à travers eux se produisit un bruit nouveau, comme jamais je n'en avais encore entendu, et dont j'espère, si Dieu le veut, ne jamais entendre semblable de nouveau – un long gargouillement bas, avec un son qui avait quelque chose d'un suçottement ; quelque chose d'horrible, d'impétueux, avec une sorte de sifflement à l'intérieur comme des eaux bouillonnantes cherchant à se libérer.

Alors, la convulsion du marais s'accentua ; on aurait presque dit qu'une chose vivante et monstrueuse se trouvait loin sous la surface et se tordait pour s'en échapper.

Au moment même, la maison de Murdock s'était enfoncée à peu près au niveau du marais. Il avait grimpé sur le toit en chaume et restait ainsi debout regardant dans notre direction et tendant les mains comme pour demander de l'aide. Pendant un temps, la grande dimension et la flottabilité du toit le soutinrent, puis lui aussi à son tour lentement commença à s'enfoncer. Murdock s'agenouilla et joignit ses mains pour prier avec frénésie.

Et alors se produisirent un puissant rugissement et un mouvement frénétique qui s'accéléra. Le versant de la montagne au-dessous de nous parut éclater. Murdock leva les bras en l'air et nous entendîmes son cri désespéré au moment où le toit de la maison et lui avec furent aspirés en un instant sous la surface de la masse convulsée.

Vint alors la fin de la terrible convulsion. Dans un tumulte débordant et le gargouillis de mille eaux qui se précipitaient, le marais tout entier se déplaça impétueusement en vagues de plus en plus hautes, se tordant hideusement, jusqu'au bas de la montagne et l'entrée de la Shleenanaher, frappa ses abords imposants avec un bruit de tonnerre et rejaillit jusqu'à une hauteur immense. Et alors les millions de tonnes de vase et de boue, de limon et de terre, de rochers brisés, se précipitèrent par la Passe pour pénétrer dans la mer.

Norah et moi nous nous agenouillâmes, main dans la main, et nos cœurs emplis de gratitude, remerçiâmes Dieu de nous avoir sauvés d'un sort aussi funeste.

Au début, les vagues du torrent se précipitant devant nous arrivèrent presque à notre niveau ; mais le courant diminua si rapidement que dans un temps incroyablement court nous nous trouvâmes perchés au sommet d'un rocher saillant qui se dressait abruptement hors des versants d'un ravin profond, où seulement quelques minutes plus tôt se trouvait le marais. Nous descendîmes avec précaution et cherchâmes un endroit plus solide sur la base de l'arête des rochers derrière nous. Le profond ravin s'étendait en-dessous de nous, et sur ses côtés commencèrent ici et là à se produire des bruits sinistres provoqués par des masses

nement de mademoiselle Joyce. Le baiser qu'il lui donna avait été fait en dernier, et il parut lui redonner vie, parce qu'elle reprit des couleurs et remit d'aplomb son bonnet – chose qu'elle n'avait pas faite pour nous autres. Puis elle marcha à côté de nous, tenant la main de son frère.

Nous nous mîmes à parler tous en même temps et évoquâmes plusieurs fois de suite les circonstances dans lesquelles j'avais été en danger de mort et comment Norah m'avait sauvé la vie; et alors le courage de la vaillante jeune femme céda. Elle parut tout à coup prendre conscience de l'horreur et des dangers de la longue nuit, et brusquement ses lèvres pâlirent, et elle serait tombée si je ne l'avais vue sur le point de faiblir et ne l'avais attrapée et fermement retenue. Sa chère tête tomba sur mon épaule, mais ses mains jamais ne relâchèrent leur étreinte sur mon bras.

Nous la portâmes à la maison aussi vite que nous le pûmes; mais, avant même que nous fussions arrivés à la porte, elle s'était remise de son évanouissement, et son premier regard quand ses yeux s'ouvrirent furent pour moi, et la première parole qu'elle prononça fut :

« Arthur, est-il sauf? »

Et alors je la déposai dans le vieux fauteuil près de la cheminée et pris ses mains glacées dans les miennes, les baisai et versai des larmes sur elles – avec le vain espoir que personne ne le voyait.

Puis, en véritable ménagère qu'elle était, mademoiselle Joyce s'activa; des flammes ronflèrent dans l'âtre, et le pot sommeillant sur la chaîne au-dessus du feu se réveilla et chanta à nouveau. Cela parut magique, parce que tout à coup nous étions tous en train de siroter du punch au whiskey chaud et commençions à sentir ses bienfaisants effets.

Après, mademoiselle Joyce entraîna Norah pour changer ses vêtements, et Dick et moi partîmes avec Joyce pour trouver des vêtements de rechange. Ensuite, nous retournâmes à la cuisine, et chacun de nous se moqua de l'aspect des autres. Nous trouvâmes mademoiselle Joyce déjà en train de préparer le petit déjeuner, et réussissant plutôt bien dans ce domaine aussi.

Et Norah nous rejoignit, mais elle n'était pas la moins ridicule; elle semblait sortir tout droit de chez la modiste – elle semblait si soignée et si bien mise avec sa veste grise et son jupon rouge du dimanche. Ses cheveux noirs étaient enroulés en un glorieux chignon autour de sa noble tête, et il y avait une chose que je n'aimais pas et qui fit naître en moi une douleur qui me brisa le cœur : la meurtrissure bleue et enflée sur son front d'ivoire, là où Murdock l'avait frappée en lui portant ce lâche coup! Elle vit mon regard, baissa les yeux et quand j'allai vers elle et baisai la blessure, lui murmurant à quel point celle-ci me faisait mal, elle me regarda en levant les yeux et me souffla de façon qu'aucun des autres ne l'entende :

« Chut! Silence! La pauvre âme a payé un terrible tribut; oublions, comme nous pardonnons! »

Et alors je pris ses mains dans les miennes et me

penchai pour les embrasser, tandis que les autres souriaient de bonheur en nous regardant; mais elle tâcha de les retirer, et une vive rougeur colora ses joues au moment de me murmurer :

« Non, non, cher Arthur, pas maintenant! J'ai seulement fait ce que n'importe qui aurait fait pour vous. Et les larmes lui vinrent aux yeux. »

« Il le faut Norah! dis-je, il le faut! C'est à ces courageuses mains que je dois la vie! »

Je les embrassai et elle ne montra plus de résistance. La voix de son père et ses paroles parurent très sincères quand il dit :

« Non, ma fille, il n'est que juste qu'il ait baisé ces mains, ce matin béni, parce qu'elles ont sorti un brave homme de la nuit de la tombe! »

Et puis mon noble et vieux Dick vint aussi, et il porta révérencieusement à ses lèvres les chères mains, et dit tout bas :

« Parce qu'il est cher à nous tous! »

À ce moment, mademoiselle Joyce avait presque fini de préparer le petit-déjeuner, et nous pensâmes tous qu'il était temps de laisser leur tour à l'éclat du jour et à la lumière emplissant nos cœurs; et Joyce dit avec entrain :

« Venez! Venez! Asseyons-nous pour le petit-déjeuner; mais d'abord il nous faut adresser nos remerciements à notre Dieu suprême qui a été si bon pour nous, et pardonner à ce pauvre diable qui a trouvé une mort si horrible. Paix à son âme! »

Tous nous demeurâmes un moment silencieux,

parce que la joie profonde de nos cœurs, qui avait jailli à travers le terrible souvenir dont nous nous rendions ainsi conscients, était trop grande pour être traduite par des paroles. Norah et moi nous nous assîmes main dans la main, et entre nous il n'y eut qu'un cœur, qu'une âme, et qu'une pensée – et nous étions tous emplis de gratitude.

Une fois que nous eûmes pour de bon entamé le petit-déjeuner, nous nous mîmes tous à parler en même temps. Nous avions tous quelque chose à dire et énormément à entendre ; pour ce qui concerne ce dernier point nous convînmes tacitement, après le premier débordement, que chacun parlerait à tour de rôle. Mademoiselle Joyce nous fit part de l'affreuse crainte qui l'avait envahie depuis qu'elle nous avait vu partir, et comment le moindre bruit, grand ou petit – même les rafales du vent qui hurlait dans la cheminée et faisait vibrer les fenêtres – avaient fait bondir son cœur hors de sa poitrine et l'avaient conduite jusqu'à la porte pour voir si nous ou l'un d'entre nous arrivait. Puis Dick nous raconta comment, en descendant le côté est du marais, il avait bifurqué afin de jeter un œil chez Murdock pour voir s'il était là, mais n'avait trouvé que le vieux Moynahan étendu par terre dans un état d'ébriété indescriptible, et si trempé que l'eau qui coulait de ses vêtements avait formé une mare sur le sol. Selon toute apparence, ce dernier venait de rentrer après avoir erré sur la montagne. Alors, quand lui, Dick, avait été sur le point de repartir, il avait cru entendre un bruit plus bas sur la montagne et, en se rendant dans cette direction, il avait rencontré Joyce en train de porter un mouton qui s'était cassé une patte, et qui, avait-il expliqué, avait été balayé d'un rocher escarpé sur le côté sud de la montagne. Puis les deux hommes étaient restés ensemble après que Dick lui eut raconté ses recherches pour trouver Norah, jusqu'au moment où nous les avions vus dans le gris de l'aube qui pointait.

Ce fut alors au tour de Joyce de prendre la relève, et il nous raconta comment, alors qu'il travaillait en haut de la montagne, il avait vu les signes avant-coureurs de l'orage qui venait si vite qu'il avait pensé qu'il serait prudent de s'occuper des moutons et du bétail et de leur trouver un semblant d'abri avant le matin. Il avait conduit tout le bétail qui était au sommet de la montagne sous l'abri où je l'avais trouvé, et puis était descendu par le côté sud de celle-ci, plaçant tous les moutons et le bétail dans des lieux aussi protégés que possible, jusqu'à ce qu'il soit tombé sur l'animal blessé, qu'il avait pris sur ses épaules pour le rapporter chez lui, mais qui avait été emporté ensuite dans l'irruption du marais. Il termina en me rappelant en plaisantant que je lui devais quelque chose pour sa nuit de travail, parce que le troupeau m'appartenait désormais en entier.

« Non, dis-je, pas avant demain. L'achat de votre terrain et celui du troupeau ne devait prendre effet qu'à compter de midi le 28, et nous ne sommes qu'au début de la matinée de ce jour ; mais de toute façon, je dois vous remercier pour les autres, parce que j'avais un certain nombre de moutons et de bêtes que Dick avait repris aux autres fermiers de qui j'avais acquis les terrains. »

Puis je racontai une nouvelle fois tout ce qui m'était arrivé. Je dus faire référence au coup que Norah avait reçu, mais je le fis aussi discrètement que je pus ; et quand je dis : « Que Dieu lui pardonne ! », ils ajoutèrent tous doucement « Amen ! ».

Puis Dick ajouta un mot concernant le pauvre vieux Moynahan :

« Pauvre vieux, il est parti aussi. C'était un ivrogne, mais il n'était pas entièrement mauvais. Peut-être que cette nuit il a sauvé Norah d'un terrible danger. Peut-être que sa vie pourra purifier la masse entière de saleté et de malignité qui est passée par la Shleenanaher cette nuit dans la mer ! »

Nous dîmes tous de nouveau « Amen », et il ne faisait pas de doute pour moi que nous dîmes cela de tout cœur.

Alors, je décrivis de nouveau le courageux combat de Norah, et comment, grâce à sa bravoure et à sa force, elle m'avait tiré des mâchoires d'un piège mortel. Elle posa une main devant ses yeux – parce que je tenais fermement l'autre dans la mienne – et entre ses doigts glissèrent les larmes qui en débordaient.

Nous restâmes assis silencieux pour un moment, et nous sentîmes qu'il n'était que juste et qu'approprié que Joyce se laisse fléchir, pose la main sur sa tête et caresse ses cheveux en disant :

« Tu as bien fait, ma fille, tu as bien fait ! »

Le Mystère de la mer*

Je ne me rappelle pas ce qui me réveilla. J'ai la vague idée que c'était une voix, mais si elle était venue de l'extérieur de la maison ou de moi-même, ça, je ne peux dire.

Il était onze heures du soir, selon ma montre, quand je quittai le Kilmarnock Arms et pris le chemin habituel à travers les dunes de sable en direction de Hawklaw qui apparaissait distinctement dans la

* Nous sommes avec ce chapitre V au début du roman portant le même titre, *The Mystery of the Sea.* Au cours de l'un de ses séjours annuels à Cruden Bay en Écosse, le narrateur a ressenti la vision de la mort accidentelle d'un homme. Une vieille femme l'a observé et l'a abordé pour tâcher de vérifier ce qu'elle pense être la vérité, qu'il a bien vu ce qui allait se passer. Par ailleurs, le narrateur a découvert que la vieille femme vit dans une petite ville des environs; elle est venue à plusieurs reprises à Cruden Bay, et on ne lui connaît aucune relation. Plus tard le narrateur apprend de la vieille femme qu'elle s'appelle Gormala, et qu'elle-même parfois a des visions qui lui révèlent l'avenir – surtout s'agissant de la mort. De plus, elle s'est

lumière brillante de la lune. Je suivis le sentier sinueux des moutons parmi les dunes couvertes d'agrostides mouillées, de temps à autre perdant pied au milieu des terriers des lapins qui en ce temps-là criblaient de trous les dunes sablonneuses de Cruden Bay. Finalement j'arrivai à Hawklaw et, escaladant la crête escarpée en terrasse près de la mer, m'assis au sommet pour reprendre mon souffle après l'ascension.

La scène était d'une beauté exquise. Son attrait naturel s'augmentait de la douce lumière de la lune pleine et jaune, qui paraissait tout autant inonder le ciel que la terre. Au sud-est, l'austère promontoire de Whinnyfold se montrait pur et sombre comme du velours, et les rochers des Skares étaient comme des points noirs dans une mer tremblante d'or. Je me relevài et poursuivis mon chemin. La marée était basse, et comme je trébuchais le long du rude sentier au-dessus de l'étendue de roches erratiques je me dis que j'allais être en retard. Je me hâtai, franchis le ruisselet qui d'ordinaire ne faisait que couler en bas à côté du sentier en zigzags des pêcheurs, derrière le Whinnyfold, mais qui était maintenant un cours d'eau torrentiel – de nouveau le bruit de l'eau qui tombe, la voix des torrents de Lammas –, et empruntai la piste des charrettes qui longe de près la falaise jusqu'au point en aplomb des Skares.

---

exercée à percevoir chez les autres ces pouvoirs quand elle les voit au moment où ils ont des visions. Récemment elle a eu la vision d'un homme à Cruden Bay, dont le nom est Lauchlane MacLeod...

Quand j'arrivai tout au bord de la falaise, là où la haute herbe maritime et le trèfle profond semblent sous les pieds un tapis somptueux, je ne fus pas surpris de voir Gormala assise, son regard tourné vers la mer. Le large sillon de la lune s'étendait juste à travers le rocher le plus éloigné des Skares et s'inclinait parmi quelques roches dentelées, qui ressemblaient à des incisives sortant de l'eau profonde au moment où le soulèvement de la mer plate retombait et que l'eau blanche coulait vers le bas – montait jusqu'à nous et paraissait baigner en même temps la voyante et moi-même de sa lumière. Il n'y avait de courant nulle part, mais seulement la montée et la retombée silencieuses de l'eau dans le mouvement sans fin de la mer. Quand elle m'entendit derrière elle, Gormala se retourna, et le calme habituel de son visage s'effaça. Elle se leva rapidement en me désignant un petit bateau qui filait, en provenance du sud, qui s'approchait maintenant à l'opposé de nous et paraissait se diriger aussi près que possible de la rive, franchissant seulement la limite extérieure des Skares.

« Regarde, dit-elle, Lauchlane MacLeod arrive, suivant sa route. Les rochers l'entourent, et son destin est devant lui ! »

La course ne paraissait présenter aucun danger ; le vent était modéré, la marée en était à son moment de suspension entre montée et descente, et la placidité de l'eau au-delà des rochers semblait marquer sa grande profondeur.

Tout à coup le bateau parut s'immobiliser – nous

étions trop loin pour entendre un bruit, même pendant une nuit si calme. Le mât pencha en avant et se cassa entièrement, les voiles reposèrent flasques dans l'eau avec le pic de la voile de fortune se redressant pour former un grand triangle, semblable à la nageoire d'un énorme requin. Quelques secondes plus tard un point sombre se déplaça sur l'eau qui devenait agitée tout autour ; il était évident qu'un nageur se dirigeait vers la terre. Je serais allé l'aider si cela avait été utile ; mais cela ne paraissait pas nécessaire, le rocher extérieur était à un demi-mile. En fait, bien que je susse que ce n'était pas nécessaire, j'étais tout de même sur le point d'aller à la nage à sa rencontre quand la voix de Gormala derrière moi m'arrêta :

« Tu ne vois pas que tu ne peux pas aller jusqu'à lui parmi ces rochers ! La marée est en train de monter ! Tu ne pourras l'aider d'aucune façon ! S'il arrive à passer au travers et si tu restes ici, alors tu pourras le secourir ! »

Le conseil était bon et je stoppai mon élan. Le nageur, vraisemblablement, connaissait l'existence du danger, parce qu'il se hâtait frénétiquement pour gagner quelque endroit où il serait en sécurité avant que la marée ne s'inverse. Mais les rochers des Skares sont mortellement abrupts ; ils surgissent de toute part hors de l'eau, et les escalader de la mer est une tâche impossible. Plusieurs fois de suite le nageur essaya de trouver une crevasse ou une fente où il pourrait grimper ; mais chaque fois qu'il essayait de se hisser, il retombait dans l'eau. De plus, je pouvais voir qu'il était blessé, parce que sa main gauche restait inerte. Il parut se rendre compte que son entreprise était sans espoir, et faisant demi-tour, il se dirigea désespérement dans notre direction. Il était maintenant dans la zone la plus dangereuse de toute la région des Skares. L'eau y est partout d'une grande profondeur et les aiguilles des rochers affleurent presque sa surface. Ce n'est que lorsque les vagues sont grosses, à marée basse, qu'on peut les voir véritablement, quand la retombée des vagues les laisse dénudées ; mais, de la surface par temps calme, on ne peut les voir puisque le mouvement de la marée autour d'elles est invisible. Aussi, le flot, contournant la place et voyant son courant brisé par les masses du grand rocher, roule avec une inconcevable rapidité. J'avais trop souvent dirigé mes yeux dans la direction de la marée depuis le promontoire où était située ma maison pour ne pas connaître le danger. Je criai aussi fort que je pus, mais pour une raison quelconque il ne m'entendit pas. Le moment qui précède l'inversion de la marée parut sans fin ; et néanmoins ce fut avec un choc soudain que j'entendis le gargouillement de l'eau en action suivi par le clapotis devenant plus rapide de seconde en seconde. Quelque part dans les terres un clocher sonna douze coups.

La marée s'était inversée et commençait à monter.

Après quelques secondes, le nageur en ressentit le plein effet, bien qu'il ne semblât pas le remarquer. Alors, il fut balayé vers le nord. Tout à coup, un cri étouffé retentit qui parut atteindre lentement l'endroit

Elles ont parlé ! Les Morts sont bien morts quand la Voix a soufflé dans leurs oreilles ! »

Maintenant, alors que je continuais avec les mains de l'homme mort enserrées dans l'une des miennes – portant la véritable écorce d'un homme dont l'esprit ne pouvait pas s'être beaucoup éloigné quand le sang arrêté dans ses veines était encore chaud –, une étrange chose commença à se produire. Les esprits de la terre, de la mer et de l'air paraissaient prendre forme pour moi et tous les innombrables bruits de la nuit avoir une cause sensible d'expression. Comme je haletais et luttais pour continuer, l'effort physique s'opposant à la nouvelle expérience spirituelle de telle sorte que rien ne restait sauf la sensibilité et le souvenir, je pus voir Gormala qui marchait près de moi d'un pas réglé. Ses yeux étincelaient de façon funeste, trahissant une déception profonde ; jamais une seule fois ne cessa son regard vigilant et perçant qui semblait me transpercer jusqu'à l'âme.

Pendant un bref instant, j'éprouvai comme de d'hostilité à son égard ; mais cela disparut imperceptiblement, et je ne m'occupai ni ne pensai à elle. Je me laissais absorber dans la compréhension des forces plus puissantes autour de moi.

Juste à l'endroit où le chemin de la falaise arrive à Whinnyfold, il y a un sentier raide et zigzagant conduisant bien en-dessous en bas à une plage de galets où les pêcheurs tirent leurs bateaux au sec, et qui est protégée des mers comptant presque parmi les plus sauvages par le grand rocher noir – le Caudman – qui chait à approfondir à partir de ma propre expression quelque chose de ce que je regardais. Tandis que nous continuions, elle commençait maintenant à faire des suggestions dans un souffle puissant, espérant à l'évidence pouvoir apprendre quelque chose de mon acquiescement, ou de ma dénégation, de sa pensée. Au milieu de ce silence spectral, sa voix vivante trancha avec la dureté d'un râle de genêts :

« Coupant le silence de la nuit d'un fil rugueux. »

Ce fut peut-être mieux ainsi ; portant maintenant un regard rétrospectif sur cette terrible expérience, je sais que nul homme ne peut dire ce que son esprit a pu souffrir après qu'il s'est promené seul avec les Morts. Que je fusse tendu à un point extraordinaire se manifesta par le fait que je ne semblais pas sentir le lourd poids qui était posé sur mes épaules. De par ma nature, je jouis d'une grande robustesse, et l'entraînement athlétique de ma jeunesse l'a considérablement développée. Mais le poids d'un homme ordinaire est lourd à tenir ou à transporter même pendant un bref moment, et le corps que je portais était presque celui d'un géant.

Le sentier à travers le goulet de terre qui fait des Skares un promontoire est plat, avec ici et là une crevasse profonde comme un ravin en miniature où à la période des inondations, l'eau des plateaux se précipite vers la mer. Tous ces ruisselets couraient avec force maintenant, mais je n'entendais murmurer aucun bruit d'eau, ni aucun éclaboussement quand les eaux se jetaient hors du bord de la falaise sur les rochers en bas, devenant une écume blanche. La procession funèbre ne marqua de pause à aucun de ces ruisseaux mais continua impassiblement jusqu'à l'extrémité éloignée où le sentier descend aux sables de Cruden Bay. Gormala demeura un moment à fixer mon regard tandis que celui-ci balayait la longue file qui dépassait l'angle de façon que je pusse voir tous les fantômes en même temps. Qu'elle eût deviné quelque chose s'avéra quand elle prononça ces paroles :

« Ils sont nombreux ; lui, ses yeux voient grand. »

Je sursautai, et elle sut qu'elle avait deviné juste. Cette unique conjecture parut lui fournir des renseignements sans fin ; elle avait évidemment à voir avec le monde des esprits, même si elle ne pouvait pas pénétrer ses mystères. Les mots qu'elle prononça ensuite m'éclairèrent :

« Ce sont des esprits humains ; ils suivent le sentier que les pieds des hommes ont tracé ! »

C'était le cas. La procession ne flottait pas au-dessus de la surface des champs ou du sable, mais progressait péniblement en descendant les zigzags de la falaise et le sentier caillouteux à travers les grands rochers de l'avant-plage. Quand la tête atteignit le sable, elle passa le long de la crête du banc de récifs, exactement de la façon que font chaque dimanche soir les pêcheurs de Whinnyfold et de Collieston quand ils rentrent sur leurs bateaux de pêche à harengs à Peterhead.

La marche à travers les sables fut longue et lugubre. Souvent j'avais fait cette promenade sous la pluie ou dans la tempête, avec le vent qui me faisait presque perdre pied alors que les volées de sable des collines couvertes d'agrostides lacéraient presque mes joues et mes oreilles, mais jamais je n'avais trouvé le chemin si long ni si difficile à suivre. Bien que je ne m'en fusse pas rendu compte à l'instant, le poids de l'homme mort avait fini par affreusement peser sur moi. De l'autre côté de la baie, je pus voir les rares lumières du village de Port Erroll qui existaient à cette heure de la nuit ; et de loin, à travers l'eau, venait la lumière froide et grise qui marque le signal du déclin de la nuit plutôt que la venue de l'aube.

Quand nous arrivâmes à Hawklaw, la tête de la procession bifurqua vers l'intérieur à travers les dunes de sable. Gormala, fixant mon regard, s'en rendit compte et un changement extraordinaire se produisit en elle. Pendant une seconde elle fut comme saisie, et resta tout à fait immobile. Puis elle leva ses mains, émerveillée, et dit dans un souffle respectueux :

« Le Puits sacré ! Ils vont au puits de Saint-Olaf ! Les torrents de Lammas vont leur être utiles ! »

Un vif désir de curiosité m'animant, je me précipitai pour être en tête de la procession. Comme je me hâtais le long du sentier rugueux parmi les dunes de sable, je sentis le poids du fardeau s'alourdir de plus en plus sur mes épaules, si bien que mes pieds se mirent à traîner comme font les pieds de quelqu'un dans un cauchemar. Alors que je continuais, je regardai instinctivement autour de moi et vis que l'ombre de Lauchlane MacLeod n'était plus près de moi mais qu'elle avait pris place dans la procession. L'œil diabolique de Gormala était de nouveau fixé sur moi, mais avec son astuce satanique elle avait deviné le secret de mon regard circulaire. Elle continua son chemin, non à mon côté mais au rythme qui était le sien par le passé, comme si elle voulait rester ou attendait pour demeurer dans la superposition de l'ombre du mort ; quelque destin qui lui était propre allait s'accomplir.

Tandis que je continuais en avant, les spectres autour de moi me parurent devenir de moins en moins distincts, jusqu'à ce qu'à la fin je ne visse plus qu'une gaze ou une brume. Quand j'arrivai au puits de Saint-Olaf – à l'époque un simple trou d'eau informe à la base du terrain en hauteur qui s'étend à partir de Hawklaw –, la brume fantomatique commençait à disparaître dans l'eau. Je restai tout près, et le poids sur mes épaules devint insupportable. Je pouvais à peine rester debout ; je décidai cependant de tenir aussi longtemps qu'il m'était possible et de voir ce qui allait se passer. Le mort, de plus, était en train de se refroidir. Je ne savais pas si l'affaiblissement des ombres provenait de cette cause, ou bien si c'était parce que l'esprit de l'homme s'était éloigné. Peut-être était-ce les deux, parce qu'à mesure que la procession silencieuse et sinistre s'avançait, il m'était possible de mieux voir. Quand le spectre de l'Espagnol se retourna et me regarda, il parut une fois de plus regarder avec les yeux vivants d'un être vivant. Puis il y eut une lugubre attente tandis que les autres arrivaient et dans un calme impressionnant passaient dans le puits et disparaissaient. Le poids sur mes épaules devint en cet instant encore plus intolérable. À la fin je ne pus plus le supporter et, me courbant à mi-hauteur, je laissai le corps glisser à terre, me contentant de tenir les mains pour assurer sa descente.

Gormala maintenant me faisait face, et voyant ce que j'avais fait elle sauta vers moi en poussant un grand cri. Pendant un moment confus, le fantôme du mort resta au-dessus de son écorce terrestre, et puis je ne vis plus la vision spectrale.

À ce moment, juste comme Gormala allait toucher le corps du mort, il y eut un puissant sifflement et un murmure d'eau. Le puits entier déborda en une grande fontaine, éparpillant le sable et l'eau tout autour sur un large espace. Je reculai ; Gormala fit de même.

Puis les eaux se tarirent de nouveau, et quand je regardai, le corps de Lauchlane MacLeod avait disparu. Il avait été englouti dans le Puits sacré.

Accablé par la lassitude physique et l'horreur de l'étrange spectacle, je m'affalai sur le sable humide. La scène tourbillonna autour de moi... C'est tout ce que je me rappelle.

Un auteur et son double

Ces dernières années, Bram Stoker semble enfin sortir de l'injuste confidentialité dans laquelle le tenaient les instances littéraires qui considéraient (à tort, il va sans dire) *Dracula* comme étant sa seule œuvre de qualité. Depuis, différentes éditions de ses nouvelles et romans ont prouvé le contraire, et les afficionados de cet auteur se sont interrogés sur la personnalité complexe de cet écrivain symbole de l'ère victorienne et de ses tourments.

Abraham Stoker est né en Irlande, à Clontarf, petite localité de la banlieue de Dublin, le 8 novembre 1847, dans une famille modeste : son père, Abraham, était employé aux écritures dans l'administration dublinoise à Dublin Castle, et sa mère, Charlotte, s'illustrait – activité courageuse pour l'époque – en véritable féministe avant l'heure, s'occupant notamment du cas des filles mères. La famille Stoker compte jusqu'à sept enfants, avec chronologiquement : William-Thornley, Matilda, Abraham, Tom, Richard, Margaret et George. De santé excessivement fragile, le petit Abraham passe les huit premières années de sa vie dans un état grabataire qui le cloue au lit de façon quasi permanente. C'est pour lui l'occasion de s'éveiller au monde et à l'univers de l'étrange en écoutant sa mère lui raconter pour le distraire des contes et légendes irlandais qui marquent fortement son imaginaire et dont on retrouve la trace dans ses futurs écrits.

À seize ans, enfin guéri de ses maladies à répétition, le jeune Stoker entre à l'université de Dublin, Trinity College, où étudie la fine fleur de la jeunesse dublinoise. Il s'y révèle brillant étudiant et, à la surprise générale, excellent sportif puisqu'il remporte de nombreuses compétitions. Beau parleur, il fait également partie de la Société philosophique de l'université où il animera de nombreux débats. Ses études achevées en 1870, après avoir empoché un diplôme de mathématiques et de sciences, il trouve un premier emploi et entre comme son père à Dublin Castle. Mais entre-temps une passion a vu le jour chez le jeune Stoker : le théâtre. À l'époque, Dublin compte de nombreuses salles, et c'est au Royal Theatre qu'un soir de 1867 Abraham a la révélation de sa vie, la découverte de l'acteur anglais Henry Irving, lequel « l'éblouit » littéralement. Cette véritable passion le conduit, sur un coup de tête, à faire le siège du directeur du *Dublin Mail*, l'un des quotidiens les plus importants de Dublin, qui a passé sous silence la performance de l'acteur, pour le convaincre de tenir « anonymement et gratuitement » la rubrique théâtrale du journal afin de s'assurer que les prochaines représentations d'Irving seront bien chroniquées. Cette nouvelle activité dure cinq ans et permet à Stoker de faire enfin la connaissance de son « idole ». Leur première rencontre a lieu dans la loge de l'artiste, après le spectacle, un soir de 1876, et marque le début d'une amitié qui durera près de trente ans ! Amitié si forte qu'à peine deux ans plus tard Irving propose à Stoker de quitter Dublin pour venir le rejoindre à Londres, où il compte lui confier les rênes d'un théâtre dont il est propriétaire, le Lyceum Theatre, l'un des plus beaux de la capitale britannique, situé dans le Strand. Après quelques semaines d'hésitation, Stoker accepte cette proposition et abandonne sa vie dublinoise pour affronter l'existence trépidante de Londres où il débarque à la fin de l'année 1878, accompagné de sa toute nouvelle épouse Florence.

La collaboration d'Irving et de Stoker au sein du Lyceum Theatre est l'une des plus fructueuses du théâtre anglais de la seconde moitié du XIXe siècle. Le duo monte les spectacles les plus ambitieux, les productions les plus coûteuses de l'époque, allant même jusqu'à porter la voix du théâtre élizabéthain outre-Atlantique, où la troupe du Lyceum fait plusieurs tournées triomphales dans les principales villes des États-Unis. Ces tournées permettent à Stoker de faire la connaissance de Walt Whitman (1817-1892), le grand poète américain de l'époque, avec lequel il a entamé une correspondance lorsqu'il était encore étudiant au Trinity College. Mais ses activités de manager n'empêchent toutefois pas Stoker de se livrer à sa seconde passion, l'écriture. Alors qu'il était encore à Dublin, le jeune Abraham, influencé par son admiration pour un autre écrivain dublinois, Joseph Sheridan le Fanu (1814-1873), auteur du premier récit de vampire féminin, *Carmilla* (paru en 1871), a commencé à publier quelques nouvelles dans diverses revues, et dès son installation à Londres, il s'est mis en tête de faire éditer ses écrits. Ainsi, dès 1881 paraît son premier recueil de contes pour enfants, *Au-delà du crépuscule* (*Under the Sunset*), qu'il dédie à son seul et unique enfant, son fils Noel, né en 1879. De nombreux autres ouvrages suivront, des romans – *The Snake's Pass**, *The Mystery of the Sea***, *Le Joyau des étoiles (The Jewel of Seven Stars)*, *Le Repaire du ver blanc (The Lair of the White Worm)*, des nouvelles, des essais. Mais de tous ses écrits, c'est sans conteste son roman *Dracula* (paru en 1897) qui connaît le plus grand succès et fait passer son auteur à la postérité.

Inspiré par certains épisodes de sa vie, et surtout par les rencontres de célébrités en tous genres que Stoker côtoie régulièrement dans ses activités professionnelles, *Dracula* met au jour de nombreux aspects qui sont tout autant révélateurs de la propre personnalité de Stoker que du monde et de l'époque dans lesquels il évolue. Mais paradoxalement le succès de ce roman phare de la littérature fantastique, racontant les exploits et les méfaits du terrible comte vampire

*Inédit en français.

** Inédit en français à l'exception du chapitre proposé dans ce livre.

venu des Carpates, correspond à la fin de la gloire du Lyceum et au déclin de la carrière d'Henry Irving. À tel point qu'un jour de 1902 le Lyceum Theatre ferme définitivement ses portes. Irving, quant à lui, fait l'amère expérience d'une fin de carrière et de l'évolution du goût du public qui se presse de moins en moins nombreux à ses représentations lors de sa tournée d'adieu. Fatigué par la maladie, miné par son insuccès, Irving succombe alors une nuit de 1905 à une pneumonie. Stoker se retrouve doublement orphelin, à la fois du théâtre auquel il a consacré toute sa vie depuis plus de vingt ans, et surtout de l'homme qui a le plus compté pour lui, Henry Irving, à la fois employeur, ami, collaborateur et complice de toutes ces années au service d'un art qui les a unis face au monde entier. Curieusement, brisé par ces coups du sort, Bram Stoker retrouve à la fin de sa vie le même état grabataire dans lequel il l'avait commencée. Il termine son existence, malade, cloué au lit, après avoir néanmoins redoublé de vigueur pour continuer son activité d'écrivain, devenue sa seule ressource après la fermeture du Lyceum. Après la parution de *Dracula,* il publie en 1906 *Reminiscences of Henry Irving**, un bel hommage en deux tomes à son mentor et ami, qui remporte un franc succès tant aux États-Unis qu'en Angleterre, ainsi qu'un dernier roman paru en 1911, un an avant sa mort, *Le Repaire du ver blanc,* racontant l'étrange histoire de lady Arabella, une femme-serpent dont l'influence maléfique n'est pas sans rappeler celle de Dracula. Stoker s'éteint à Londres le 20 avril

1912 sans savoir qu'il a donné naissance à l'un des plus grands mythes de la littérature fantastique, et qu'une décennie plus tard celui-ci deviendra véritablement immortel par la grâce du cinéma .

Dracula est-il un double de Bram Stoker ? Ou, en d'autres termes, un auteur est-il le double de ses créatures, de sa propre création ? Dans le cas de Bram Stoker, il semble bien que la réponse soit positive. En effet, pour qui examine avec attention les détails comme les grandes lignes de sa vie, cette hypothèse se révèle d'une étonnante justesse. Ainsi, dès ses premiers écrits, et singulièrement avec *La Coupe de cristal* (*The Crystal Cup*), premier texte de fiction publié par Stoker en septembre 1872 (il a alors vingt-cinq ans), il va de soi pour le lecteur averti que Stoker ne peut s'empêcher de se mettre en scène, et parfois (souvent même) de mettre en scène son entourage direct, au travers de certains de ses personnages. Ici, dans *La Coupe de cristal,* Stoker apparaît sous les traits du héros, le jeune tailleur de cristal, poète amoureux d'une jeune femme inaccessible pour lui, situation que l'on retrouve souvent sous la plume de l'auteur de *Dracula.* Aussi est-ce le cas dans certaines nouvelles plus tardives telles que « Le Retour d'Abel Behenna » ou dans son roman *The Snake's Pass.* Dans *La Coupe de cristal,* les signes montrant que Stoker parle de lui sont évidents ; ainsi met-il en scène un homme prisonnier dans tous les sens du terme : prisonnier de la maison qu'il occupe, face à la mer, mais également prisonnier de son propre corps. Comment ne pas voir ici l'analogie entre la fiction et la réalité, la transposition de son vécu dans son œuvre même ? Stoker écrit : « ... Très loin sur la mer je puis voir les vagues étinceler sous la lumière du soleil. (...) et je regarde autour de moi dans la vieille maison où je suis né. La rude simplicité de la demeure réapparaît à mes yeux comme quelque chose de nouveau... » La maison qu'il décrit rappelle étrangement la maison familiale de Clontarf en banlieue de Dublin, au 15 Crescent Marino, distante de quelques dizaines de mètres seulement de la mer d'Irlande, panorama qui s'étendait devant ses yeux lorsqu'il était enfant. De même, la description de l'existence de cet homme prisonnier entre quatre murs ne rappelle-t-elle pas non plus la sienne, lui qui durant toute son enfance vécut enfermé dans sa chambre, sans jamais mettre un pied dehors, écoutant pendant ses longues journées de maladie sa mère lui raconter les vieilles légendes du pays d'Irlande ? N'écrit-il pas comme un souvenir direct de cette période : « ... est-ce que l'espoir n'est pas voisin de la mort dans ce corps si las ? (...) Tout le jour mon désir si grand de liberté... avait vingt fois augmenté, et mon cœur et mon esprit étaient embrasés. Furieusement je me lançai comme un oiseau en cage contre les barreaux de ma prison. Furieusement je sautai sur le siège de ma fenêtre et tins les yeux fixés, les globes prêts à éclater, sur la mer libre, sans entrave. » ? Ici encore, qui s'agit-il de fuir sinon lui-même ? À lire Stoker, le danger est partout, menaçant, toujours prêt à surgir au détour d'un bois, d'une rue, d'un terrain vague ou d'une demeure séculaire, mais en fait, il est surtout au fond de lui, au fond de nous-mêmes. Dans son œuvre majeure, *Dracula* , le vampire, dans son château des Carpates, menace Jonathan qui n'a plus qu'un seul désir, fuir ce lieu maudit et son occupant maléfique. Mais de nouveau le double de Stoker, Jonathan, ne se fuit-il pas plutôt lui-même pour échapper au trouble que le vampire a fait naître en lui, de même que dans *La Coupe de cristal* le narrateur cherche à fuir sa propre impuissance, son inutilité devant le poids de son existence ?

Dans « La Catastrophe » (*The Catastrophe*), chapitre extrait du roman *The Snake's Pass,* son premier roman publié en 1890 (encore inédit en français), les réminiscences personnelles se font plus géographiques ; ce roman est en effet le seul de toute l'œuvre de Stoker à se situer dans son pays de naissance, l'Irlande, et plus précisément dans l'ouest du pays, région la plus à l'écart, la plus rude, la moins « polluée » par les influences extérieures. Cette Irlande-là est l'Irlande rurale et ancestrale, non pas celle du tout-Dublin que fréquenta Stoker jusqu'à son départ pour Londres, mais celle des légendes, de l'imaginaire irlandais que savait si bien lui raconter sa mère et qui le marqua si fort. Et c'est bien cette Irlande-là que Stoker nous restitue au travers de cette étrange légende ou superstition selon laquelle un trésor aurait été enfoui dans la lande, cette lande mystérieuse où gémit la Banshee par les sombres nuits d'orage. Mais au-delà de l'aspect géographique, que l'on pourrait qualifier de « folklorique irlandais », on peut déjà remarquer un thème que Stoker aborde souvent par la suite, celui de la culpabilité de l'amour partagé par deux hommes pour la même femme (postulat qui peut d'ailleurs être repris dans des ordres divers) qu'il reprend des années plus tard dans la nouvelle « Le Retour d'Abel Behenna ». Ici le héros Arthur Severn (prénom repris sept ans plus tard dans *Dracula* !) est amoureux de la jeune Norah dont est également amoureux son ami d'enfance Dick Sutherland. Cet amour partagé et contrarié (même s'il en sort vainqueur) lui fait dire et écrire une phrase assez révélatrice et riche d'interprétations concernant la personnalité de Stoker : « ... parmi tous les noms, elle avait cité le mien en premier ! Quoi que disent les hommes, amour et jalousie sont proches parents. » Ne peut-on pas y voir une interprétation de son sentiment intime, rappel de sa relation au comédien Henry Irving et à sa femme Florence ? On pourrait gloser également sur un traumatisme d'enfance. Stoker est le troisième d'une fratrie de sept enfants, et de tous, il est le seul parmi ses frères et sœurs à avoir connu une enfance faite de maladies permanentes jusqu'à l'âge de sept ans. En aurait-il éprouvé un sentiment d'injustice, de frustration qu'il aurait porté toute sa vie durant, et reporté dans toutes ses relations affectives futures ? Toutes les conjectures sont permises.

Reminiscence encore ce « Mystère de la mer », chapitre extrait du roman homonyme dont la publication remonte à 1902, histoire typiquement empreinte de folklore celtique, celui qui fleurit aussi bien en Irlande qu'en Bretagne ou en Cornouailles. Les légendes sur la mer sont légion, mais partout le même thème ressurgit, celui des morts revenus sur terre soit pour demander des comptes aux vivants, soit pour les rassurer ou les pardonner (thème qu'il exploite dès 1882 dans son premier livre, *Au-delà du crépuscule*, dans la nouvelle « Le Bâtisseur d'ombre »). Ici, une sorcière ramène à la vie l'âme des marins naufragés. Écrire pour Stoker n'est-il pas un acte expiatoire, conscient ou inconscient, pour ramener à sa mémoire ses manques, ses doutes, ses remords? Dans *Dracula*, son œuvre-phare, tous les thèmes associés à sa vie intime sont réunis : désirs refoulés, amours contrariées, relation sado-masochiste (celle qu'il entretenait avec l'acteur Henry Irving, et dans une certaine mesure avec sa femme Florence), désirs de meurtre, attirance sexuelle pour les deux sexes, et toute la culpabilité qui en découle en cette ère victorienne si prude et intolérante. Dans *Le Mystère de la mer*, une fois encore, Bram Stoker se met en scène au travers du personnage de l'Espagnol, et une nouvelle fois ce roman est situé à Cruden Bay, charmant petit village écossais qui lui inspira aussi un fameux chapitre dans son chef-d'œuvre *Dracula*, est pour lui un rappel personnel du patrimoine culturel familial avec ses valeurs, sa fidélité au passé, aux ancêtres, à leur souvenir.

Bram Stoker est au cœur même de toute son œuvre, de chacun de ses écrits; et qu'il travestisse les noms et les apparences de ses personnages, qu'il les

Mr BRAM STOKER
Mr BRAM STOKER'S
GALLANT ACT.
T.R.

Vie de Bram Stoker

8 novembre 1847. Naissance d'Abraham Stoker à Clontarf, Dublin (Irlande), fils d'Abraham Stoker, employé de l'administration dublinoise, et de Charlotte Matilda Thornley, de vingt ans sa cadette.

1848. Abraham tombe malade et son état lui fait garder le lit durant plusieurs années. Sa mère, pour le distraire, lui lit la *Bible* et lui raconte des légendes irlandaises et le récit de l'épidémie de choléra qui sévit en Irlande au début du siècle et à laquelle elle a réchappé avec sa famille alors qu'elle vivait à Sligo.

1864. Guéri, Stoker entre à Trinity College, la fameuse université de Dublin dont il devient l'un des meilleurs éléments.

1867. Stoker assiste pour la première fois à une représentation du comédien Henry Irving, étoile montante du théâtre londonien, au Royal Theatre de Dublin. Il est immédiatement conquis par la prestance de l'acteur. Parution de l'ouvrage libéral, voire licencieux du poète américain Walt Whitman, *Feuilles d'herbe.* Stoker prend la défense de Whitman avec lequel il entame une correspondance.

1870. Stoker achève ses études à Trinity et sort diplômé en sciences et mathématiques. Premier emploi dans l'administration dublinoise, à Dublin Castle.

1871. Nouveau succès d'Henry Irving à Dublin dans la pièce *Two Roses.* Publication du premier article de Stoker, le 13 novembre dans la rubrique théâtrale du journal le *Dublin Mail.* Parution du roman *Carmilla* de l'auteur irlandais, Joseph Sheridan le Fanu, vénéneuse histoire de vampire féminin qui enthousiasme Stoker.

1872. Publication du premier texte de fiction de Stoker, *The Crystal Cup* (*La Coupe de cristal*) dans la revue London Society.

1876. Première rencontre entre Henry Irving et Stoker à Dublin. Début d'une amitié de près de trente ans. Mort du père de Stoker : Abraham adopte officiellement le surnom de Bram.

2 décembre 1878. Bram Stoker épouse Florence Balcombe, son ancienne voisine d'enfance à Clontarf. Publication de son premier ouvrage de droit, *The Duties of Clerks of Petty Sessions in Ireland...* Promu inspecteur des Tribunaux de première instance, il est contraint d'abandonner son activité de chroniqueur théâtral. Stoker quitte Dublin pour s'installer à Londres comme administrateur du Lyceum Theatre sous la direction d'Irving.

29 décembre 1879. Florence met au monde un fils prénommé Noel Thornley.

1881. Publication d'un recueil de contes pour enfants, *Under the Sunset* (*Au-delà du crépuscule*), dédié à son fils.

1882. Stoker est décoré par la Royal Human Society pour avoir sauvé un homme de la noyade en se jetant dans la Tamise pour le repêcher.

1883. Stoker organise la première tournée américaine de la troupe du Lyceum. Il rend visite au poète

Walt Whitman. À son retour, il prend quelques jours de vacances avec Florence et son fils Noel à Cruden Bay (Écosse) où il rédige plusieurs nouvelles.

1886. Seconde tournée du Lyceum en Amérique. Publication d'un essai sur les Etats-Unis, *Glimpse of America.* À son retour à Londres, il assiste à une conférence donné par Charcot sur l'hypnotisme.

1889. Entrée supposée de Stoker à la Golden Dawn in the Outer, une société secrète regroupant l'intelligentsia britannique. Stoker y rencontre des personnalités importantes pour son œuvre, écrivains, savants et mages.

1890. Stoker rencontre Arminius Vambery, un orientaliste très versé dans les légendes des pays de l'est, et Richard Burton, traducteur des *Mille et une nuits.* Recherches de Stoker au British Museum pour écrire *Dracula.* Séjour à Whitby, petit port dans le Yorkshire. Publication de son roman *The Snake's Pass,* dont l'action se déroule en Irlande.

1895. Parution de *The Shoulder of Shasta,* troisième roman de Stoker. Henry Irving est anobli par la reine Victoria. Nouvelle tournée du Lyceum aux États-Unis.

1896. Premières difficultés du Lyceum Theatre. Stoker doit mettre le personnel en chômage technique pendant plusieurs semaines à la suite d'un accident d'Irving.

1897. Publication du roman *Dracula.* Stoker fait jouer une adaptation théâtrale intitulée *The Un-Dead* au Lyceum pour une unique représentation.

1901. Décès de la mère de Bram à Dublin. Première édition anglaise de *Dracula* en collection de poche.

1902. Parution de *The Mystery of the Sea* (*Le Mystère de la mer*). Fermeture définitive du Lyceum Theatre.

Henry Irving fait une tournée d'adieux qui ne recueille pas un grand succès.

1903. Stoker publie *The Jewel of the Seven Stars* (*Le Joyau aux sept étoiles*).

1905. Stoker publie un autre roman *The Man,* tandis que Henry Irving s'éteint le 13 octobre des suites d'une pneumonie.

1906. Stoker publie un recueil (en deux tomes) de souvenirs sur Henry Irving, *Personal Reminiscences of Henry Irving,* qui connaîtra un grand succès en Grande-Bretagne et aux États-Unis.

1909. Parution de *Snowbound,* recueil de nouvelles sur les tournées américaines du Lyceum Theatre et de *The Lady of the Shroud* (*La Dame au linceul*), roman fantastique comme *Dracula.*

1911. Parution de *The Lair of the White Worm* (*Le Repaire du ver blanc*). Stoker tombe de nouveau malade.

1912. Stoker meurt à Londres, le 21 avril, la veille du naufrage du *Titanic.*